走出课本系列

名胜古迹里的

古诗词

卷二 水光潋滟晴方好

主编 夫子

主　编：夫　子

编　委：范　丽　雷　蕾　刘　佳　毛　恋
　　　　孙　娟　唐玉芝　邱鼎淞　王　惠　倩
　　　　吴　翩　向丽琴　晏成立　阳　倩
　　　　叶琴琴　曾婷婷　张朝伟　钟　鑫
　　　　周方艳　周晓娟
绘　图：许炜挚　奇　漫

山东教育出版社
·济南·

图书在版编目（CIP）数据

　　名胜古迹里的古诗词.卷二,水光潋滟晴方好/夫子主编.—济南:山东教育出版社,2023.4
　　（走出课本系列）
　　ISBN 978-7-5701-0405-5

　　Ⅰ.①名… Ⅱ.①夫… Ⅲ.①古典诗歌—诗歌欣赏—中国—通俗读物②名胜古迹—中国—通俗读物 Ⅳ.
① I207.2-49 ② K928.7-49

中国国家版本馆 CIP 数据核字 (2023) 第 065264 号

责任编辑：卞丽敏
责任校对：舒　心
装帧设计：书虫文化　倪璐璐　杨绍杰
插图绘制：许炜挚　奇　漫

ZOU CHU KEBEN XILIE
MINGSHENG GUJI LI DE GU SHICI　JUAN ER　SHUIGUANG LIANYAN QINGFANGHAO
走出课本系列

名胜古迹里的古诗词　卷二　水光潋滟晴方好　　夫子　主编

主管单位：山东出版传媒股份有限公司
出版发行：山东教育出版社
　　　　　地址：济南市市中区二环南路 2066 号 4 区 1 号
　　　　　邮编：250003　电话：（0531）82092660
　　　　　网址：www.sjs.com.cn
印　　刷：山东新华印务有限公司
版　　次：2023 年 4 月第 1 版
印　　次：2023 年 4 月第 1 次印刷
开　　本：787 mm×1092 mm　1/16
印　　张：7
印　　数：1—30000
字　　数：100 千
定　　价：45.00 元

前　言

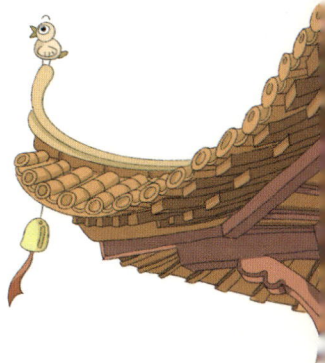

　　我们的祖国是有着悠久历史和灿烂文明的伟大国家，在这片广阔的大地上，有无数优美的风景，还有很多古代人文遗迹。它们遍布祖国的大江南北，承载着中华民族博大精深的历史文化。而和它们相得益彰的，是一群才华横溢的诗人和他们的诗词。

　　名胜古迹经历了数千年的岁月，在这些时光里，它们令历朝历代的文人墨客为之神往。他们或瞻仰，或缅怀，或寄情，留下了一首首传诵千古的诗词。他们看山写山，看水写水，笔下的诗词中却并不只有山水，还有心情，有道理，有历史，有人生。他们就像旅行家，写下的诗词便是一篇篇游记。

　　这些诗词中，有许多诗句重现了千百年前名胜古迹的风采，也记录了诗人们当年游览名胜古迹时的感受和心情。他们用奇特的夸张、瑰丽的想象、灵动的比喻描绘美景，尽情地抒发情怀。比如，在诗人李白的眼中，"黄河之水天上来"，而庐山的瀑布则是"疑是银河落九天"，气势恢宏极了；要问苏轼眼中的西湖有多美，读一读"欲把西湖比西子，淡妆浓抹总相宜"，你定了然于心；是谁在何处吟道"出师未捷身先死，长使英雄泪满襟"？那是站在武侯祠前满腔忧愤的杜甫……

读到如此优美瑰丽的诗句，你是不是也想背上行囊去看看这些名胜古迹呢？

读万卷书，行万里路。《名胜古迹里的古诗词》这套书将化身为你的贴身导游，用精美的图画为你展示名胜古迹的各处景点，用漫画和文字为你解说有关它们的历史内涵、神话传说、地理特征、建筑构形、风俗人情等，让你足不出户，就能在阅读中体验到宛若"行万里路"的旅行乐趣。书中还有与每处名胜古迹相关的诗词，与景点相结合，更能帮助你读懂诗词中的深意。当然，如果你决定外出寻访名胜，这套书也是你走出家门、踏上旅途的优质同伴。

这套书可谓"书中有画，画中有诗"，阅读它，你既能欣赏名胜，又能积累古典诗词，岂不是一举两得吗？

目录

1

你知道为什么它叫苏堤吗?

我知道"苏"指的是苏轼。

看,那就是雷峰塔!传说,白娘子就被镇压在那里。

原来一元纸币后面的景点就是这里的三潭印月呀!

鸬鹚又名鱼鹰、水老鸦,擅长潜水,但因为羽毛不能防水,所以每次潜水后都需要张开双翅晒太阳,待翅膀晒干后才能飞翔。

杭州西湖

西湖位于浙江杭州,三面环山,有苏堤、白堤、雷峰塔、三潭印月等著名景点。湖中水面被分隔开,形成"一山、二塔、三岛、三堤、五湖"的分布。2011年6月24日,杭州西湖文化景观被列入《世界遗产名录》。

苏堤春晓

北宋时期，诗人苏轼在杭州担任知州（地方行政长官）时，主持疏浚西湖，用挖出的淤泥构筑了一条长堤。后人为了纪念苏轼治理西湖的功绩，把长堤命名为"苏公堤"，又叫"苏堤"。堤上栽种有杨柳、碧桃、紫藤等很多花木，还建有六座石拱桥。春天，漫步在苏堤上，只见桃红柳绿，湖波如镜，鸟雀合鸣，风景美极了。这景被称为"苏堤春晓"，是有名的西湖十景之一。

《山水图（苏堤春晓）》
［宋］马元忠

三潭印月

西湖中有一个小岛，叫小瀛洲。它是明朝时期人们疏浚西湖的淤泥堆积而成的，清代时又对它进行了扩建，发展到现在，小岛呈现出"湖中有岛，岛中有湖"的"田"字形格局。

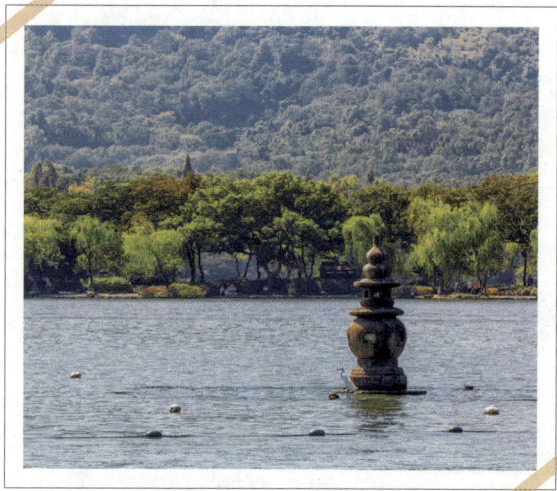

西湖中的一处石塔

小瀛洲是西湖三岛中最大的岛，也是江南水上园林的典范。岛上建造有中国传统样式的亭台楼阁，沿堤的柳树连荫，还有曲桥沟通南北，再配合岛内外水光云天的景致，仿佛是远离尘世的蓬莱仙岛，由此得名小瀛洲。小瀛洲的南侧水域，有三个宝瓶形状的石塔，是苏轼疏浚西湖时所建造，不过现存的石塔是明代重建的。在月夜时分，月亮、石塔、湖水交相辉映，此时能欣赏到"三潭印月"的美景。

白娘子和许仙

西湖十景中有一景叫"断桥残雪"，这里的断桥就是传说中白娘子和许仙相遇的地方。

传说，有一条千年白蛇妖叫白娘子，还有一条青蛇妖叫小青。二人结伴到西湖游玩。白娘子和一位叫许仙的书生互生情意，并结为夫妻。但法师法海把白娘子的身份告诉了许仙，并怂恿许仙让白娘子喝下雄黄酒，白娘子喝下酒后化为原形，吓死了许仙。为救许仙，白娘子去昆仑山盗取灵芝草。但法海容不下白娘子，打斗中白娘子不敌法海，被镇压在西湖边上的雷峰塔下。这个家喻户晓的民间故事经过历朝历代的润色加工，到现在仍然以小说、戏曲、电影等形式在国内外广为流传。

雷峰塔

南屏晚钟

西湖南岸，绵延着一座南屏山，山上怪石林立，绿意葱茏。晴朗的日子，南屏山在蓝天白云的衬托下秀色可餐；而雨雾天气时，山峦则缥缈空灵，若即若离，美不胜收。后周时期，吴越国的国主钱俶（chù）

《西湖十景图——南屏晚钟》
（局部）［宋］叶肖岩

在南屏山麓建了一座寺院，也就是后来的净慈寺。

1986年，净慈寺得以重建。寺院的上层悬挂着一顶大梵钟。每当日暮时分，晚钟鸣响，山间飘荡着钟声，悠扬动听。如今，南屏山已成为杭州除夕夜辞旧迎新的撞钟活动场所。

双峰插云

《西湖十景图——两峰插云》
[宋] 叶肖岩

西湖的西南、西北方向有两座山峰，即南高峰、北高峰。南高峰临近西湖，海拔近260米。北高峰在灵隐寺的后面，海拔超过300米。两峰遥遥相对，绵延相距约5千米。

遇上阴雨天气，群山云雾缭绕，南高峰和北高峰露出峰顶，仿佛峰插云霄，气势高峻磅礴，因此诞生了"双峰插云"的名景。唐宋时，南高峰、北高峰上各有一座塔，在晴朗天气遥望两峰，可以看见两座塔巍然耸立。而每当云雾弥漫，塔尖就在云中时隐时现，十分梦幻。

孤　山

孤山是西湖中最大的岛屿，景区内的名胜古迹有放鹤亭、秋瑾墓、西泠印社、敬一书院、中山公园等30多处。唐宋年间，孤山的景色就已闻名，南宋理宗曾把大半座孤山划为御花园。清朝康熙皇帝又在此建造行宫，雍正皇帝还曾改行宫为圣因寺。

为什么取名"孤山"呢？孤山看似孤零零地耸立在湖中，却有欣赏西湖全景最好的视角，相传古时只有自称孤家寡人的皇帝才能占有。不过，孤山并不"孤单"，它其实是与陆地连在一起的。

《西湖十景图卷》（局部）［清］董邦达

榜上有名

西湖以其秀丽的景色和悠久的历史，吸引了无数的文人墨客来到这里。他们留下了许多关于西湖的诗作，从各个角度记录了西湖的美。

排行榜	
《饮湖上初晴后雨》	苏　轼
《晓出净慈寺送林子方》	杨万里
《题临安邸》	林　升
《六月二十七日望湖楼醉书》	苏　轼

饮湖上初晴后雨

    苏轼在杭州任通判的时候，有一天在西湖上饮酒游赏，刚开始天气晴朗，阳光明媚，后面突然下起了雨。前后两种不同的景致给苏轼带来了不一样的感受，于是有了这一首《饮湖上初晴后雨》。

水光潋滟晴方好，

山色空蒙雨亦奇。

欲把西湖比西子，

淡妆浓抹总相宜。

注 释

潋滟：水波荡漾的样子。

方好：正显得很美。

空蒙：迷茫缥缈的样子。

亦：也。

西子：春秋时越国美人西施的别称。

相宜：适宜。

译 文

在阳光的照耀下，西湖的湖面微波荡漾，波光闪动，看起来十分美好。下雨时，在雨幕的笼罩下，西湖四周连绵的青山迷茫缥缈，似有似无，非常奇妙。如果把西湖比作西施，无论淡妆还是浓抹都显得格外自然。

诗人介绍

苏轼（1037—1101），字子瞻，号东坡居士。他是北宋时期有名的文学家、书法家，还曾治理过西湖，主持修筑了苏堤。苏轼是北宋中期的文坛领袖，在诗、词、散文、书、画等方面的成就都很高。他的诗清新豪健，风格独特，常常运用夸张、比喻的手法；词豪放旷达，开豪放一派；散文纵横恣肆，气势雄放。其代表诗词有《题西林壁》《赠刘景文》《水调歌头·明月几时有》《念奴娇·赤壁怀古》等。

赏析

诗人在这首诗中不仅写了西湖的湖光山色，还写了晴天和雨天两种不同的景致。最后，诗人把西湖比喻成美人，既赋予了西湖生命，又可让读者更加具体地去想象西湖的美。

拓展延伸

● 雨

"雨"作为中国古诗词中的常见意象，它的象征意义不止一种。"雨"有时象征着希望，有时代表愁绪，但不管是哪一种，诗中被雨幕笼罩的山水总是格外朦胧，充满美感。

● 西 施

诗人在欣赏西湖雨景时，把西湖比喻成"西子"。西子是春秋时期越国的一位美女，名叫西施。古人用"子"称呼他人，是为了表示尊重，所以西子是对西施的一种尊称。相传，西施在中国古代是很有名的美女，与王昭君、貂蝉、杨玉环一起被称为中国古代四大美女。恰好西湖也有"西"字，诗人把它与西施相比，十分贴切。

《西子浣纱图》［五代十国］佚名

◉ 淡妆浓抹

　　"淡妆浓抹"原是指妇女素雅和浓艳的两种不同的妆饰打扮，后被用来比喻浓淡相间的景色。诗人在诗中把西湖拟人化，把它比作"淡妆浓抹"的西施。我们不妨这样理解，西湖化淡妆时，呈现的是烟雨朦胧、淡雅梦幻的景象；而西湖化浓妆时，我们看到的则是六月荷花开放、多姿多彩的盛景。

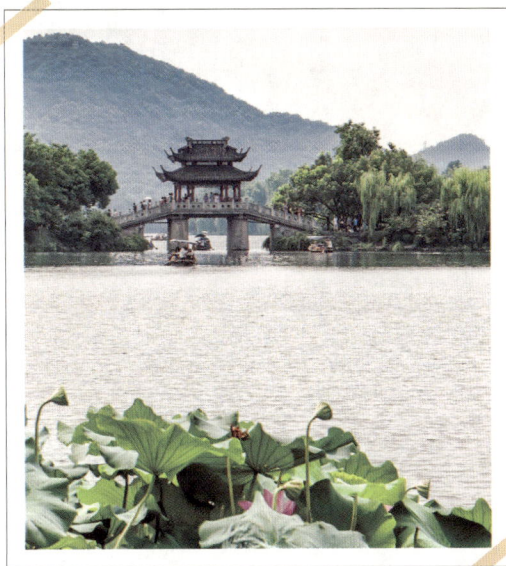

西　湖

晓出净慈寺送林子方

南宋时期，诗人杨万里在京城做官时，与一个叫林子方的下属是很好的朋友。两人都主张抗击金国的侵犯，复兴国势，他们志趣相投，经常一起畅聊诗词。后来，林子方被派往福州任职。杨万里对好友被调离京城十分不舍，在西湖边的净慈寺送别好友时写下《晓出净慈寺送林子方》这首诗，含蓄地表达对好友离开的不舍之情。

你看，多美啊！为了它们留下来吧……

杨万里

毕竟西湖六月中，

风光不与四时同。

接天莲叶无穷碧，

映日荷花别样红。

晓：太阳刚刚升起。

净慈寺：寺名，在杭州西湖南岸。

林子方：杨万里的朋友。

毕竟：终归，到底。

四时：指春、夏、秋、冬四个季节。在这里指六月以外的其他时间。

接天：像与天空相接。

无穷：无边无际。

映日：太阳映照。

别样：特别。

译 文

　　到底是六月的西湖，风光与其他的时节真是大不相同。荷叶一片片地挨在一起，一眼望去，是无边无际的碧绿，好像与天连接在一起，而被阳光照耀着的荷花也显得分外娇艳、鲜红。

诗人介绍

　　杨万里（1127—1206），号诚斋，南宋著名文学家，与陆游、尤袤、范成大并称为"中兴四大诗人"。他十分痛惜南宋国土被抢夺、中原百姓成为遗民，因此写下许多忧国爱民的诗作，比如《初入淮河四绝句》《过扬子江二首》等。他的写景诗独具风格，清新自然，通俗浅近，比如《小池》《晓出净慈寺送林子方》等。

这首诗开篇就点出了六月的西湖景色与众不同，继而通过"无穷""碧""映日""红"等词，给读者描绘出一幅充满了色彩对比的大红大绿的画面，真正做到了"诗中有画，画中有诗"。

拓展延伸

● 净慈寺

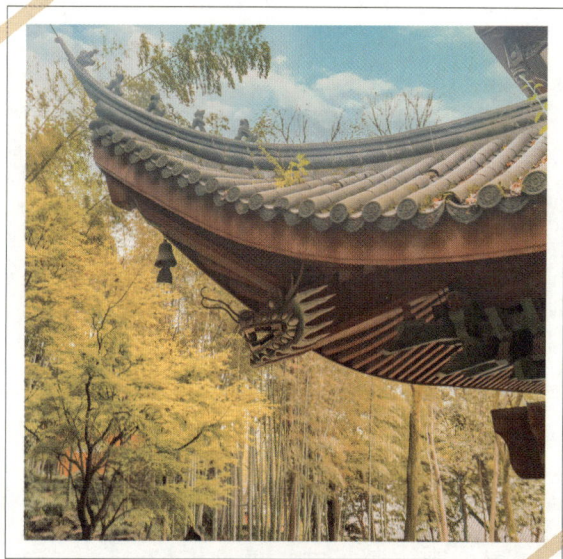

净慈寺飞檐

诗中的净慈寺就在西湖的南岸，是西湖历史上四大古刹之一。该寺是吴越国主钱俶为高僧永明禅师而建，原名永明禅院，南宋时改称净慈寺。

净慈寺曾遭到毁坏，又经过多次重建。寺中的大雄宝殿是单层重檐式结构，有着黄色的琉璃瓦脊，显得庄严宏伟。寺内还有一口重达一百多公斤的新铸铜钟，上面洋洋洒洒铸有近七万字的经文。每天傍晚时分，悠扬的钟声便飘荡在西湖上空，令人沉醉。

● 荷 花

荷花又叫芙蕖、莲花，在夏天开放，有红、粉红、白、紫等颜色，花型也很丰富，亭亭玉立，芬芳怡人。北宋的周敦颐在《爱莲说》一文中写道"出淤泥而不染，濯清涟而不妖"，意思是荷花生长在淤泥中却不受沾染，经过清水的洗涤却不显得妖媚。可见，荷花不仅美丽，还有美好的品质，所以在诗中经常被用来比作品性高洁的君子。

● 荷 叶

描写荷叶的诗有很多。除了杨万里的"接天莲叶无穷碧"，还有王昌龄的"荷叶罗裙一色裁"，姜夔的"荷叶似云香不断"。欧阳修写过一首《荷叶》，其中"谁于水上张青盖，罩却红妆唱采莲"两句，把荷叶比作伞盖，罩在唱着歌采莲的姑娘头上，读来情趣盎然。诗人们用凝练形象的诗句，把荷叶的颜色、味道、形态等都表现了出来。

《元集绘册 宋缂丝翠羽秋荷》
[宋] 佚名

题临安邸

宋高宗建炎元年（1127），因为金军占领首都汴梁（今河南开封）而往南出逃的赵构，在临安（今浙江杭州）即位，成为南宋第一个皇帝。即使丢失了北方大片的领土，躲在南方的宋朝廷依然没有强国复兴的决心。当时的统治阶级只想保住自己的性命，在残存的国土上苟且偷安，寻欢作乐。诗人林升面对黑暗的社会现实，心生愤慨，在临安的一家旅馆墙壁上写下了这首诗。

林升

山外青山楼外楼，

西湖歌舞几时休？

暖风熏得游人醉，

直把杭州作汴州。

注释

临安：南宋都城。

邸：旅馆。

几时休：什么时候停止。

熏：吹。

直：简直。

汴州：汴京，曾为北宋都城。

译文

西湖四周的青山绵延不绝，楼阁重重叠叠，湖面游船上的轻歌曼舞什么时候才能够停止呢？温暖的香风把游人吹得醉醺醺的，简直就是把杭州当成从前的汴州了。

诗人介绍

林升，南宋诗人。他生活在两宋交替的动荡时期，对国家衰败、百姓居无定所的屈辱感受很深。面对南宋朝廷的不思进取、腐败无能，他既愤慨又痛心，对国家、民族的命运深感忧虑。林升擅长诗文，他创作的《题临安邸》一诗流传很广。

赏析

这首诗第一句写出了临安城青山连绵、楼台重叠的特征。第二句以反问的语气反映出西湖边上轻歌曼舞没有休止。最后两句用讥讽的语言写当政者纵情声色，揭露了他们无视国家命运、不顾国计民生的卑劣行为，同时也表达了诗人的深切忧虑和愤慨。

◉ 暖　风

　　"暖风"在诗中有一语双关的作用，它既指大自然中的春风，也指当时朝廷中达官贵人们过分享受、恣意浪费之风。诗人以此讽刺他们被这股"暖风"吹得如痴如醉，像喝醉了酒一样。

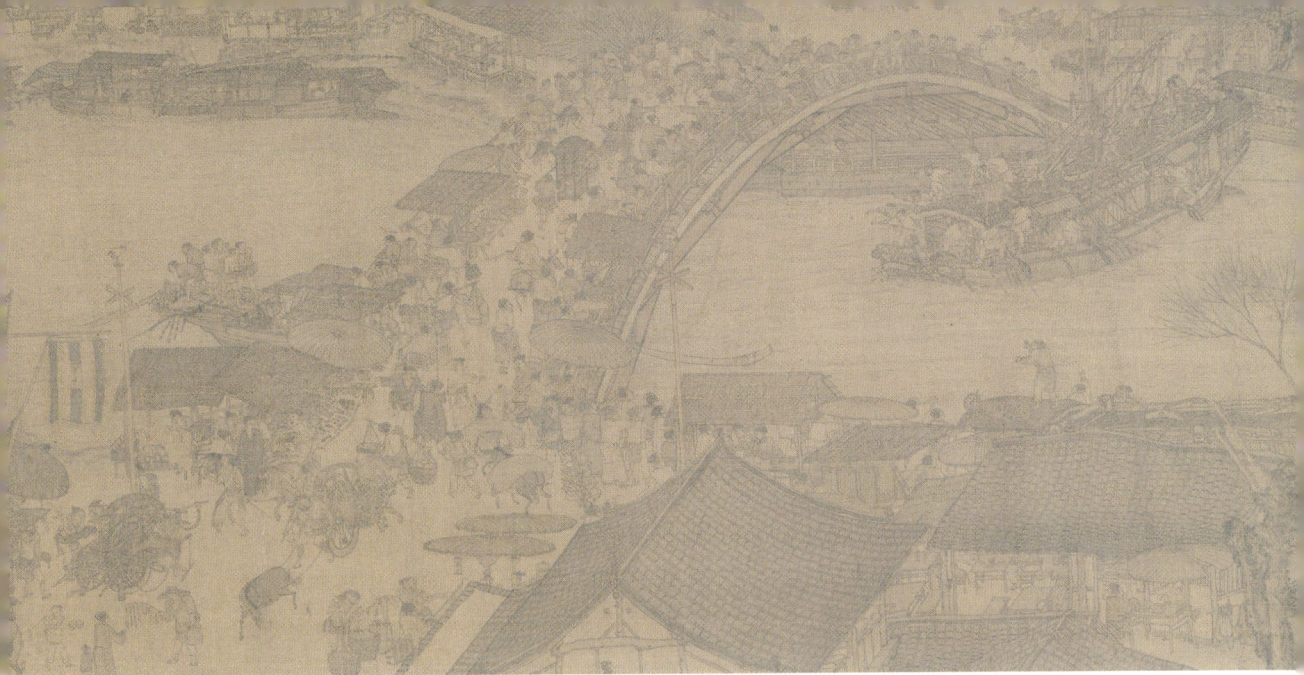

《清明上河图》（局部）［宋］张择端

◉ 汴 州

汴州又称汴京，就是现在的河南开封。它曾经是北宋的都城。北宋画家张择端通过《清明上河图》记录下了汴州的繁华景象。后来，南宋都城定在杭州。诗人说"游人"把杭州当成了汴州，意在斥责南宋朝廷忘了国恨家仇，把临时苟安之地当作了故都。

◉ 南宋的开国皇帝——赵构

宋高宗赵构是宋朝的第十位皇帝，也是南宋的开国皇帝。历史上对赵构的评价褒贬不一，但公认的是，他在艺术上的确颇有造诣。在书法上，他不仅有书画创作，对书法理论也很有研究，推动了南宋书坛的兴盛。赵构也善于绘画，还热心保护古代书画名作，不少因战乱而散失的古代法帖名画都是他收集和整理的。

高宗坐像轴［宋］佚名

六月二十七日望湖楼醉书

　　宋神宗熙宁五年（1072）的六月二十七日，在杭州任通判的苏轼坐船游览西湖，观赏到了奇妙的湖光山色，然后他又到望湖楼上喝酒，写下了这首《六月二十七日望湖楼醉书》。如果说《饮湖上初晴后雨》让我们见识到了西湖晴天与雨天的两种不同景致，那这首诗则把西湖夏日阵雨的奇妙景观展现在我们眼前。让我们跟随苏轼的脚步，一同去领略西湖不一样的美吧！

黑云翻墨未遮山，

白雨跳珠乱入船。

卷地风来忽吹散，

望湖楼下水如天。

六月二十七日： 指宋神宗熙宁五年（1072）六月二十七日。

望湖楼： 在今浙江杭州西湖边。

醉书： 酒醉时所写下的作品。

翻墨： 打翻的黑墨水，形容云层很黑。

遮： 遮挡，遮盖。

白雨： 因为雨点大且猛，在湖光山色的衬托下，显示出了白色。

跳珠： 跳动的水珠，说明雨势大。

卷地风来： 狂风席卷大地。

水如天： 形容湖面像天空一样宁静、蔚蓝。

译 文

　　乌云像被打翻了的黑墨水，还没把所有的山遮住。大雨落到湖中，激起了无数白珠般的水花，有的甚至飞溅到船舱里。突然，一阵狂风席卷大地，将湖面上的乌云和雨都吹散了。雨过天晴，风平浪静，只看见望湖楼下的湖面同倒映的天空一样蔚蓝。

赏析

　　在这首诗中，苏轼首先抓住了身处船中的视角，对湖上急剧变化的自然景物"云""雨""风""天"进行了描写，由上至下，动静结合，使得西湖之上瞬息万变的雨景跃然纸上，读起来让人身临其境。然后他又描绘了身处望湖楼看到的雨后场景，转变自然流畅，意境开阔。

拓展延伸

● 望湖楼

　　望湖楼又名看经楼，位于杭州西湖岸，是五代时钱俶所建。望湖楼是古代文人观光赏景的好去处，除苏轼外，王安石、吴文英等人都曾吟咏过与望湖楼有关的诗句。

● 墨

　　墨是用煤烟或松烟等制成的黑色块状物，也指用墨和水研磨出来的汁，经常用来比喻学问或者读书识字的能力。而在《六月二十七日望湖楼醉书》中，诗人是借用墨的颜色特质，以"翻墨"来形容黑云颜色之深。

◉不同季节的雨——夏雨、春雨

诗中的"白雨"，也就是夏天的阵雨。我们知道，夏天的雨总是来得迅疾猛烈，在其他诗人的笔下也如此。唐代的樊珣有诗句"江南仲夏天，时雨下如川"，是说夏天的雨下得像一条河，而这么大的雨又结束得很突然。明代朱瞻基的"暑雨初过爽气清"一句，则表现了夏雨过后的天朗气清、洁净凉爽。

夏雨来势汹汹，为人们驱热散凉；而春雨则款款而来，温柔细腻，滋润万物。杜甫有写春雨的名句："好雨知时节，当春乃发生。"韩愈也描绘过"天街小雨润如酥，草色遥看近却无"的春雨写意图。诗人们常把春雨写进诗中，来体现充满希望或闲暇愉悦的生活与心境。

《仿米氏云山图》［元］佚名

图中描绘了夏雨初过，山野溪畔水汽弥漫，山脚林间云雾笼罩村屋、古寺的景象。

《枫野春雨图》［明］陈焕

览胜手记

"水光潋滟晴方好，山色空蒙雨亦奇。欲把西湖比西子，淡妆浓抹总相宜。"相信大家对苏轼的这首诗已经很熟悉了吧！因为这首诗，我来到了西湖，想好好感受一下它的美。

我乘着游船，漂荡在西湖上。阵阵凉风让湖面泛起层层涟漪。湖水清澈极了，低头细瞧，似乎可以看到湖底游动着的鱼儿。不远处的小船驶过湖面，湖面就像被裁开一般，过了没多久，湖面又重新变得平整，就像一面镜子。

跟随游人的脚步，我来到了翠柳成行的苏堤。放眼望去，满眼都是绿，绿得鲜嫩，绿得让人一见倾心。你看，苏堤仿佛是一条长长的翡翠玉带，把西湖东西分开。堤上翠柳的枝条亲吻着水面，风起时，娇柔的枝条随风摆动，好似翠柳绿绿的长发在飘舞。我继续南行，来到苏堤中央，只见湖心小岛——小瀛洲被绿色点缀，星星般闪烁着，让人百看不厌。我沿着苏堤继续向前，前往花港观鱼。只见湖中一条条鲜红的小鱼在绿水中游弋，像是碧波中跳动着的红色宝石；岸边的串串红开得奇艳，你若耐心等待，还能欣赏到"花著鱼身鱼嗽花"的美景。

神女峰是巫山十二峰中最有名的山峰。山峰上有一根挺秀的石柱，远远望去，形似一位亭亭玉立的少女，因此得名神女峰。

长江三峡

长江三峡，简称三峡，西起重庆奉节，东至湖北宜昌，由瞿塘峡、巫峡、西陵峡组成，全长193千米，两岸高山对峙，崖壁陡峭，沿途有许多景点。

"巴东三峡巫峡长，猿鸣三声泪沾裳。"我们现在就在巫峡了！

这峡谷真陡峭啊！

哇，我好像看到神女峰了。

巫峡可太壮观了！

西陵峡

西陵峡是三峡中最险要的一段，分布着众多小峡谷。这些峡谷的得名有的来源于地形特征，如牛肝马肺峡是因为岩壁上有两块叠在一起下垂的岩石，一块形似牛肝，一块形似马肺；有的和历史传说有关，如兵书宝剑峡的崖壁石缝中有形似兵书的古迹，还有一块巨石像剑一样插进江中。除了壮丽的峡谷景观，西陵峡还有融合了巴楚地区风俗人情的三峡人家风景区，能够让人们体验到当地古老的民俗文化。

三峡人家

三峡大坝旅游区

三峡大坝旅游区是国家5A级旅游景区，主要景点是三峡水电站。三峡水电站是目前世界上规模最大的水电站，它不仅用于发电，还有防洪、发展航运的作用。

三峡水利枢纽工程

《三峡》

北魏地理学家郦道元在《水经注》中，细致地描写了三峡风貌。

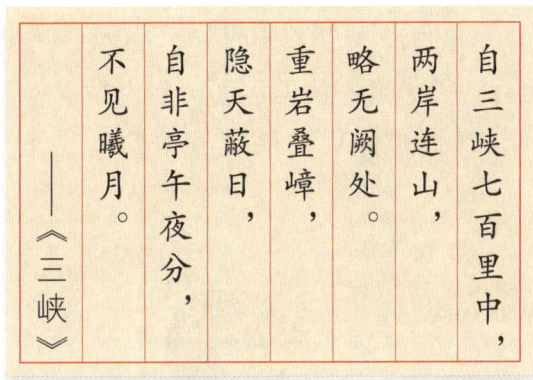

自三峡七百里中，两岸连山，略无阙处。重岩叠嶂，隐天蔽日，自非亭午夜分，不见曦月。

——《三峡》

意思是：三峡七百里间，两岸群山相连，没有中断。层层叠叠的岩石遮住了天空和太阳。如果不是在正午或半夜，连太阳和月亮都看不见。

榜上有名

当进入长江三峡风景区，我们将观赏到江水滔滔的瞿塘峡、幽深奇秀的巫峡、滩多水急的西陵峡、巍然壮观的三峡大坝，还能体验到神秘悠久的巴楚文化。从古时起，长江三峡就给诗人们提供了无穷的创作灵感，诗篇流传至今。

排行榜

《离思五首》（其四）	元 稹 zhěn
《上三峡》	李 白
《巫山曲》	孟 郊

离思五首（其四）

唐德宗贞元十八年（802），诗人元稹与韦丛结为夫妻。成亲后，两人十分恩爱。但七年后，韦丛就因病逝世了。自从韦丛去世后，元稹陆续写了不少悼念她的诗，《离思五首》就是其中的代表作，以第四首流传最广。

曾经沧海难为水，

除却巫山不是云。

取次花丛懒回顾，

半缘修道半缘君。

难为：不值得一观。

除却：除了。

取次：随意。

花丛：这里不是指自然界的花丛，借喻美貌女子众多的地方。

顾：回头看。

缘：因为。

修道：这里指修道之人讲究清心寡欲。

君：你，这里指已经去世的妻子。

译 文

　　自从见识过苍茫的大海，就觉得其他地方的水都算不上水了；自从见过巫山的云海，就觉得其他地方的云都称不上云了。漫不经心地路过万花丛，懒得回头看，其中的缘由一半是因为修道人原本就清心寡欲，一半是因为你。

诗人介绍

　　元稹（779—831），字微之，河南洛阳人，唐中后期政治家、文学家，他在诗文方面的成就很大，代表作有《菊花》《离思五首》等。元稹与白居易在同一年的科举考试中登第，并结为终生诗友，还共同倡导了新乐府运动，世称"元白"。

这首诗只有四句，前面三句都用上了比喻的手法。诗人先用沧海之水、巫山之云来隐喻自己与妻子之间的深厚情谊，再以花喻人，把自己失去妻子后看破红尘的心境外化，曲折委婉地表达了对妻子的深情眷恋。

拓展延伸

● 曾经沧海难为水

"曾经沧海难为水"不仅是一句诗，也是我们现在常用的一个成语。沧海，就是指大海。早在《孟子》一书中就有"观于海者难为水"的句子，意思是见过大海的人，看别的水就很难入眼了。诗人元稹正是化用了这个句子。只不过，他是借沧海比喻妻子，表达除爱妻之外，再没有能让自己心动的女子。我们现在用"曾经沧海难为水"这个成语，来比喻见多识广、阅历丰富的人很难看得上一般的人或事物。

《沧海涌日图》［宋］佚名

●巫山云海

巍峨壮美的巫山在长江三峡的中段。长江水浩浩荡荡地在巫山中穿行，使之形成了独特的峡谷奇观。夏秋时节，属亚热带季风气候的巫山高温多雨，形成壮观的巫山云海景象。云在巫山间聚散、飘荡，变幻莫测，与山水融为一体，算得上是天下绝景。巫山云海的美，历来被中国文人所叹服，更让来此观赏的游客津津乐道。

巫山云海

●元稹与韦丛

唐朝时期，太子少保韦夏卿很欣赏元稹的才华，认为他会有大好前程，于是将自己的小女儿韦丛许配给他。两人在婚后百般恩爱，感情很好。

韦丛贤惠端庄，通晓诗文，虽出身富贵，却不慕虚荣。当时的元稹正是不得志的时候，生活清贫。韦丛来到这个清贫之家，却无怨无悔。她陪着元稹经历起起落落的官职调动，好不容易等到元稹升任监察御史，将要迎来充满希望的新生活了，却去世了。妻子的离世让元稹悲痛万分。

上三峡

唐肃宗乾元元年（758），李白被流放夜郎（今属贵州桐梓），他从九江逆流而上，到达宜昌，又走了很长时间才进入三峡。三峡地势极为险峻，李白在此处的行程就更慢了。因为亲人不在身边，独自赶路的李白很孤独。《上三峡》这首诗就将他当时迟迟无法出三峡的苦闷表现了出来。

巫山夹青天，巴水流若兹。

巴水忽可尽，青天无到时。

三朝上黄牛，三暮行太迟。

三朝又三暮，不觉鬓成丝。

注 释

巴水：指长江三峡的流水。

兹：此，这。

朝：早晨。

黄牛：指黄牛山，又称黄牛峡，在今湖北宜昌。

暮：晚上。

译 文

巫山高耸入云，就像夹着青天，巴水从巫山中穿过，流到了这里。巴水像是忽然流到了尽头，而青天依然夹在上面。三个早晨都在黄牛峡赶路，结果三个晚上还是在黄牛峡打转。三天又三夜，一直出不了黄牛峡，人在不知不觉中愁得两鬓斑白了。

诗人介绍

李白（701—762），字太白，号青莲居士，唐代伟大的浪漫主义诗人。他爽朗大方，爱交朋友，代表作有大家熟知的《望庐山瀑布》《早发白帝城》《行路难》《将进酒》等。李白的诗作给人一种豪迈奔放、飘逸若仙的感觉，据说唐代诗人贺知章看了李白的《蜀道难》后，称赞李白为"谪仙人"，就是把他比作天上下凡的"仙人"。因此，后人就称李白为"诗仙"。

赏析 前四句诗人通过夸张的手法描绘了巫山高耸入云、巴水湍急的壮景；后四句出自一首民谣，明写船在逆水中前行很艰难，实际表达的是诗人因船行缓慢而发愁，抒发了时光难度、逆境难熬的忧郁心情。

拓展延伸

● 黄牛峡

黄牛峡是三峡景区中的一个小峡谷，两岸山势高耸，岩石的形状粗犷多变。黄牛峡还因属于震旦纪（地质年代名称，开始于约8亿年前，结束于约6亿年前。这一时期形成的地层称震旦系）地质断层，所以在岩石中能找到鱼类化石、三叶虫化石等海洋生物化石，这些化石记录着三峡数亿年来的变化。

黄牛峡的河道弯弯曲曲，水中还分布着星罗棋布的乱石，水流很急，所以过往的船只有触礁的危险。船夫们经过此地时都要放慢速度，谨慎行驶。有一首民谣中唱到"朝发黄牛，暮宿黄牛，三朝三暮，黄牛如故"，大概是说早上从黄牛峡出发，晚上还在黄牛峡，行驶了几天，还能望见黄牛岩。从这首民谣中可以看出行船过黄牛峡的艰难。

关于黄牛峡的由来，有这样一个神话传说：相传，玉帝派夏禹治理洪水，又派了天神去人间协助他。夏禹带着百姓开凿河道，到了现在的黄牛峡时，天神化为神牛前来相助。这个场面正好被一个给治水的丈夫送茶饭的妇人看见了。只见一头巨大的黄牛，身绕霞光，扬蹄腾跃，正用头上的角顶撞大山。随后，一阵雷鸣巨响，山崩石裂。妇人被这一幕吓得大声呼喊，因此惊动了神牛，神牛不慎掉下山岩，镶嵌在了石壁间。

◉李白为何被流放？

永王李璘是唐玄宗李隆基的第十六子。唐玄宗天宝十四年（755），安史之乱爆发后，他奉命去镇守江陵，之后开始招兵买马，设置官署。在这期间，他以平定叛乱为由，多次派遣使者聘请李白来他的幕府。李白因为想报国立功，就答应了。

唐肃宗至德元年（756），唐肃宗李亨和永王李璘发生矛盾，唐肃宗派兵围剿永王，将其打败。身在李璘幕府的李白因此获罪，被投入浔阳监狱。后来李白又被流放夜郎。

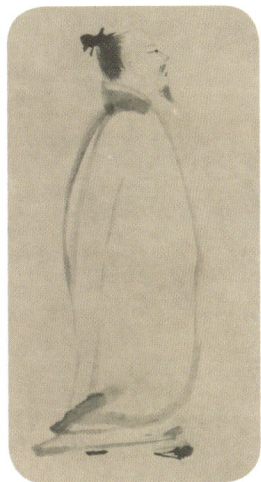

《李白行吟图》
［宋］梁楷

◉李白为何选择走三峡这条水路？

在古代，船是非常重要的交通工具，而三峡这条水路是人们进出川蜀地区的重要路线。一般来说，来往于川蜀和东部一些城镇时，人们会选择水路；如果是来往于川蜀和北方一些城镇，人们就会选择陆路，也就是蜀道。古时候的蜀道要穿越高山深谷，道路十分崎岖，难以通行。所以，即使三峡水流急，险滩多，行程缓慢，李白也选择三峡水路。

《长江万里图》（局部）［宋］赵黻（fú）

巫山曲

　　三峡在古代是十分重要的水路路段，常年有体型较大的货船或者轻便小型的客船来往其间。对于大部分乘船的人来说，三峡的水路太过惊险，行程并不轻松，但沿途奇特的风光无限好，总能激发诗人们写诗的灵感。唐代诗人孟郊经过巫山时，就被眼前的景象所震撼，他联想到神话传说，有感而发，写下了这首《巫山曲》。

孟郊

巴江上峡重复重，阳台碧峭十二峰。

荆王猎时逢暮雨，夜卧高丘梦神女。

轻红流烟湿艳姿，行云飞去明星稀。

目极魂断望不见，猿啼三声泪滴衣。

巴江：水名。

上峡：高峡。

阳台：今重庆市巫山县高都山。

十二峰：巫山十二峰。

荆王：楚王。

高丘：泛指高山。

轻红流烟：淡红色的飘动的云气。

湿艳姿：沾湿的美丽姿容。

明星稀：星星稀少，指早晨刚刚天亮。

目极：极目远望。

魂断：销魂神往。

译 文

　　巴东三峡的山峦重重叠叠，阳台山旁是碧绿陡峭的巫山十二峰。荆王射猎时，巫山乌云密布，很快就下起了雨，他晚上睡在高山上，梦见了巫山神女。在淡红色的飘动的云气中，神女那被打湿的美丽姿容逐渐显现出来，天刚亮，神女又化作云烟在峡中飞远。极目远望，直到再也看不到神女的身影，这时听到从峡中传出的声声猿鸣，不知不觉中就流下泪来，打湿了衣裳。

诗人介绍

　　孟郊（751—814），字东野，唐朝著名诗人。因为诗中多反映民间苦难和世态炎凉，所以有"诗囚"之称，与贾岛并称为"郊寒岛瘦"。他出身清贫，生性孤僻，爱好写诗。四十多岁时他才考中进士，当了个小官。

在仕途方面，孟郊没有什么成就，但他写的诗歌现存500多首，算是同时代的高产诗人了，代表诗作有《游子吟》《登科后》等。

赏析

　　这首诗前两句写诗人沿途见到的景象，紧接着通过三、四句引出荆王梦遇神女的传说，再通过五、六句着重描写神女形象，最后以遥望神女离去的身影来表达诗人的失落惆怅之感。读完这首诗，让人不禁产生疑问：让诗人留恋的是神女，还是三峡那奇幻幽艳的景致？

拓展延伸

◉高唐观遗址

　　在巫山县城的西边有一座高都山，山上有高唐观遗址。传说，战国时期，楚国的宋玉在此创作了《高唐赋》，这篇赋中说这里是楚襄王见到巫山神女的地方。高唐观遗址的命名取自宋玉的《高唐赋》，也因宋玉的《高唐赋》《神女赋》而闻名。这里三面环山，一面临水，地势高阔，能远眺巫峡。

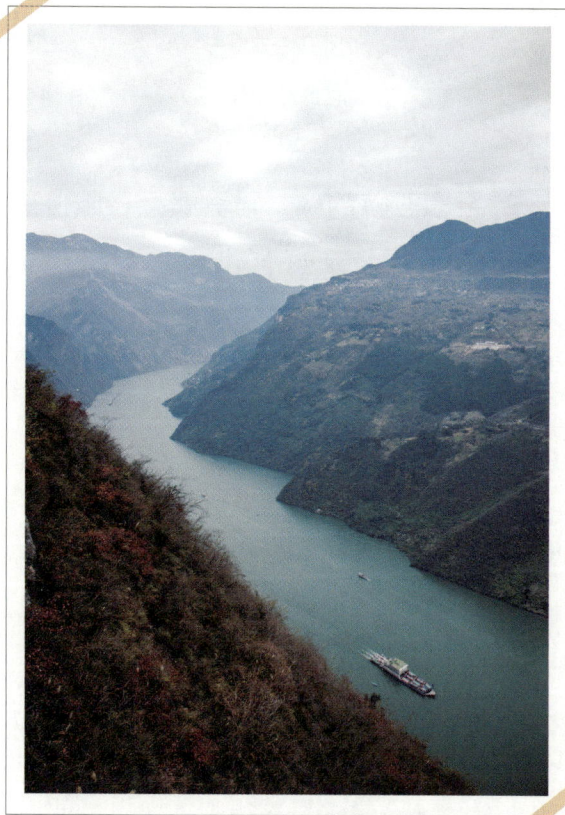

长江三峡中的巫峡流经巫山县。

◉《巫山曲》

　　《巫山曲》，又作《巫山高》，是汉代短箫铙歌的其中一首曲名。短箫铙歌是指军中乐歌，其中的短箫是吹奏乐，铙是打击乐。作为一种军乐，短箫铙歌主要用于军队振奋气势和一些军中的娱乐活动。

　　据记载，汉代短箫铙歌除了《巫山高》，还有《将进酒》《有所思》《上邪》等。历代诗人借题发挥，常以这些曲名为题作诗。

◉猿啼三声

　　猿猴鸣叫时很像人在悲号啼哭，所以诗人经过巫峡时，听到它们的声音，不由得触景生情，忍不住悲伤起来。北魏时期，地理学家郦道元曾在《水经注》中写道："巴东三峡巫峡长，猿鸣三声泪沾裳。"

这猿猴的叫声太凄凉了！

览胜手记

我曾登上景色翠秀的骊山，俯瞰曾作为唐代皇家园林的华清宫；我曾攀上奇险无比的华山，挑战长空栈道，体验鹞子翻身，最终在苍龙岭留下自己的足迹。但三峡的山，尤其是大名鼎鼎的"巫山十二峰"，我虽慕名已久，但从未真正见过，直到我乘坐三峡的游轮，才有机会得偿所愿。逆流而上，左岸的登龙峰率先映入眼帘，紧接着是形如腰鼓的圣泉峰和宏伟辽阔的朝云峰。被誉为"巫山十二峰之最"的神女峰在云雾缭绕间，依稀好似一位亭亭玉立的少女。之后我又陆续看到了松峦峰和集仙峰以及右岸的飞凤、翠屏、聚鹤三峰，至于净坛、起云、上升三峰则因为隐于神女溪风景区而无缘得见。

"荆王猎时逢暮雨，夜卧高丘梦神女"，似乎文人墨客笔下的巫山总少不了巫山神女的身影，可巫山并不是只有神女，此时正值深秋，让我们一同去领略一番巫山红叶的风采吧！

我们沿着小路边走边看。偶尔遇到喜爱的红叶，我就拿着手机把它们拍下，我发现这些叶子的形状并不完全相同，有的像爱心，有的圆圆的。妈妈告诉我，像爱心的是乌桕叶，而圆圆的则是黄栌叶。原来巫山红叶并不只是枫叶呢！

长江

虎跳峡位于长江上游的金沙江上，是我国最深的峡谷之一。峡谷水流拍石，飞瀑雷鸣，以"险"闻名，使得不少人慕名而往。

是的，不过大部分游客都会像我们一样，选择来这香格里拉虎跳峡景区。

对面就是丽江虎跳峡景区吧！

虎跳峡分上虎跳、中虎跳、下虎跳三段，咱们现在就在中虎跳这儿。

○长江是中国第一大河流，是世界第三长河，干流流经青海省、西藏自治区等11个省级行政区，于崇明岛以东注入东海。主要支流有嘉陵江、赣江、乌江等。长江有很多壮观的景点，其中虎跳峡高山夹峙，峭壁耸立，是世界上最深的峡谷之一。

长江第一湾

金沙江作为长江的上游，一路南流，在石鼓镇附近突然逆转，形成罕见的"V"字形大弯，也叫长江第一湾。这里江流舒缓，因此自古以来就是天然渡口。相传诸葛亮"五月渡泸"和忽必烈"革囊渡江"的地方就是这里。

长江第一湾

都江堰

四川都江堰水利工程

都江堰位于长江的支流岷江上，是战国时期蜀郡太守李冰及其儿子组织修建的大型水利工程，组成部分有鱼嘴、飞沙堰、宝瓶口等。两千多年来，都江堰一直发挥着防治洪涝、灌溉农田的作用，是全世界迄今为止年代最久的一直在使用的无坝引水水利工程。

中华鲟

中华鲟曾是和恐龙并存的古生物种，被称为鱼类中的"活化石"，也被称为"水中大熊猫"。中华鲟是一种江海洄游性大型鱼类，体长可达5米，称得上是长江里的"鱼王"。每年的夏天和秋天，中华鲟会从大海回到金沙江一带产卵繁殖。等到幼鱼长到30厘米左右，它们就会进入大海生活。

榜上有名

长江是中华民族的母亲河，是中华文化的发源地之一，自古就与中国的传统文化和民生息息相关。作为世界第三长河，它气势恢宏，轻易就能震撼人的心灵，因此，历代文人常把它写入诗词中。

排行榜

《登高》	杜甫
《望天门山》	李白
《临江仙·滚滚长江东逝水》	杨慎
《旅夜书怀》	杜甫

登 高

　　唐代宗大历二年（767）秋天，年老的杜甫登上了夔州（今重庆奉节）白帝城外的高台。他远望萧瑟的秋江景色，不禁联想到自己愁苦飘零的一生，于是写下了这首被誉为"七律之冠"的《登高》。

杜甫

风急天高猿啸哀，渚_{zhǔ}清沙白鸟飞回。

无边落木萧萧下，不尽长江滚滚来。

万里悲秋常作客，百年多病独登台。

艰难苦恨繁霜鬓，潦倒新停浊_{zhuó}酒杯。

注 释

猿啸哀：猿声凄厉。

渚：水中的小洲或小块陆地。

回：回旋。

落木：指秋天飘落的树叶。

萧萧：草木摇落的声音。

万里：指远离故乡。

常作客：长期漂泊他乡。

百年：这里借指晚年。

艰难：指国运和自身命运艰难。

苦恨：极其遗憾。

繁霜鬓：白发增多了。

潦倒：颓丧，失意。

新停：刚刚停止。

译 文

高高的天空下疾风刮过，猿猴的啼叫显得十分凄厉，水清沙白的河洲上有鸟儿在盘旋。无边无际的森林里，树叶萧萧飘落，望不到头的长江水滚滚奔腾而来。常年漂泊在万里之外，异乡为客，一到秋天就开始感伤。晚年疾病缠身，今日一个人登上高台。世事艰难，充满遗憾，双鬓的白发也越发多了，在这衰颓失意的时候偏偏又刚刚停了消愁的酒杯。

诗人介绍

杜甫（712—770），字子美，自号少陵野老。他是唐代伟大的现实主义诗人，因为忧国忧民，所以写的很多诗都反映了百姓生活的艰难困苦。

杜甫的诗歌对后世影响深远，他被后人尊称为"诗圣"，而他的诗被称为"诗史"。后人将他与浪漫主义诗人李白合称为"李杜"。

这首诗的首联通过描写"风""天""猿啸""渚"等物象，为整首诗奠定了萧瑟荒凉的基调。颔联集中表现夔州秋天的典型特征，"萧萧""滚滚"两个词让人联想到落叶飘零之声和长江水汹涌奔腾之貌。颈联和尾联又回到诗人自己身上，将他那孤独惆怅的心情与这深秋景色相融合，寄托了悲秋伤己的伤感情怀。

拓展延伸

● 登 高

登高是中华传统节日重阳节的风俗，所以重阳节又叫"登高节"。相传这个习俗起源于东汉时期。重阳节除了登高还有赏菊、插茱萸等习俗。

◉在白帝城上看到的风景

杜甫当时登上的白帝城，就在长江边上，所以他能看到"无边落木萧萧下，不尽长江滚滚来"的景象。现在，我们去白帝城景区，主要观赏的是白帝城白帝庙，还能在夔门观景台上远望"夔门天下雄"的奇观。当然，现在的白帝城作为长江的江心岛，东南西北四个方向都能看到长江。

《杜甫诗意图册》［清］王时敏

◉浊　酒

未经过过滤的，酒液中仍残留有米渣等沉淀物的就是浊酒。浊酒是相较经过反复过滤的清酒而言的。在古代，酒以清为贵，以浊为贱。主人请客人喝酒时，会说请喝杯浊酒或薄酒。这里的浊酒表示自谦。

好酒，好酒！

浊酒一杯，不成敬意！

酒

望天门山

二十五岁时，李白离开巴蜀后，独自一人乘船前往江东。也就是在这趟旅途中，他经过当涂（今安徽一带），目睹了天门山壮丽的景观，一时间诗兴大发，于是有了这首流传千古的山水名诗《望天门山》。

我要为天门山的壮丽景色赋诗一首！

李白

天门中断楚江开，

碧水东流至此回。

两岸青山相对出，

孤帆一片日边来。

中断： 江水从中间隔断两山。

楚江： 长江。长江中下游部分河段在古代流经楚地，所以叫楚江。

开： 劈开。

至此： 到了这里。

回： 回转，回旋。

两岸青山： 指东梁山和西梁山。

出： 突出，出现。

译 文

　　长江好像一把巨大的斧头，劈开了天门雄峰。碧绿的江水向东流到这里又突然回转，向北流去。东梁山和西梁山隔江相对，格外突出，两边的美景也难分高下。只见一只小船从水天相接的远方悠悠驶来，仿佛来自太阳那头。

赏析　　这首诗的前两句着重描写水流湍急的楚江从夹江对峙的天门中穿过，让诗人不禁产生这天门是被楚江劈开的错觉。后两句中的"青山""孤帆""日边"与前面的"碧水"交相辉映，构成了一幅色彩绚丽的画面。身处这样一片宽广的天地之间，心中不免也像诗人一样，生出一股豪情壮志。

● 天门山

诗中李白看到的天门山位于安徽省境内长江两岸，是两座山的合称。这两座山分别是东梁山、西梁山。它们立于江中，山势陡峭，就像被一把斧子劈过一样。两山隔江对峙，远远望去，就像打开了一扇天门，因此得名"天门山"。

天门山有一个有趣的传说。相传从前的长江岸边只有一座山，叫梁山（也就是后来的西梁山）。山脚下住着一位老爷爷，靠种点旱粮瓜果度日。一年夏天，气候干燥，老爷爷栽种的冬瓜最后只结了一个。正当老爷爷发愁的时候，一位白发老人突然出现，说要买走这个冬瓜。原来这个冬瓜是一把钥匙，可以打开被西瓜锁住的梁山藏宝洞。这话被一个财主听到了。当天晚上，财主同两个大汉抢走了老爷爷的冬瓜。他们找到藏宝洞，把冬瓜往那西瓜上一放，山门随即裂开，山洞里满是宝物。财主和大汉高兴坏了，结果不小心把西瓜碰落进了山洞，山门又封了。而被他们抢走的冬瓜则滚到了江对岸，变成了现在的东梁山。

天门中断楚江"开"?

李白乘船行驶到天门山，眼前的景色让他突发奇想：原本天门山是一个整体，阻挡着汹涌而来的江水，可是江水的冲击力很大，撞开了"天门"，使它中断成为东西两座山。我们从诗句中的"开"字，能感受到长江一泻千里、势如破竹的雄伟气势。

加入一点点想象，才是我的风格！

此天门山非彼天门山

其实，我国的天门山并不止一座，湖南省张家界市也有一座天门山，远近闻名。这座山在古时称"嵩梁山"，三国时期忽然峭壁洞开，形成迄今罕见的世界奇观——天门洞。东吴第三位皇帝孙休认为这是好兆头，于是把嵩梁山改名为天门山。天门山风景优美，有雄奇险峻的山峰，有珍奇名贵的花草树木，还有各种野生动物，是中外游人的热门去处。

张家界天门山

临江仙·滚滚长江东逝水

明世宗嘉靖三年（1524），杨慎被发配到云南充军。在云南，他四处游历，体察民风，考察民情，每到一个地方就和当地的读书人谈诗论道，写下了许多诗词，《临江仙·滚滚长江东逝水》就是其中的一篇。

人生就像这向东流逝的江水……

杨慎

滚滚长江东逝水，浪花淘尽英雄。是非成败转头空。青山依旧在，几度夕阳红。　　白发渔樵江渚上，惯看秋月春风。一壶浊酒喜相逢。古今多少事，都付笑谈中。

注释

东逝水：江水向东流逝，这里将时光比喻为江水。

淘尽：荡涤一空。

青山：青葱的山岭。

几度：几次。

渔樵：指隐居不问世事的人。

秋月春风：指良辰美景。

浊：不清澈，不干净。与"清"相对。

古今：古代和现今。

译 文

　　滚滚长江向东流逝，多少英雄也像这翻飞的浪花一般消逝在时间的长河之中。对与错也好，成与败也罢，到头来都是一场空。青葱的山岭依然存在，太阳照旧每天东升西落。白发的隐士伫立在江岸边，早已看惯了良辰美景。难得和朋友见了面，痛快畅饮一壶酒。古往今来的多少事，都付诸人们的谈笑之中。

诗人介绍

　　杨慎（1488—1559），明朝文学家、官员。他出生在书香门第，从小博览群书，很有才学。他的诗、词、曲有自己的特色，风格绮丽。杨慎与徐渭、解缙并称为"明代三才子"。杨慎为官忠君爱国，经常刚正直言，因此迁怒了皇帝。后来，他被贬谪到云南一带，度过了三十多年的流放生活，最终在云南永昌卫去世。

　这是一首咏史词，词的开头不只是单纯地描写长江水，而是借长江水来比喻不断流逝的时间。在历史的长河中，词人感慨英雄的丰功伟绩终将如同过往云烟，那么个人的是非成败更不必耿耿于怀。不如与秋月春风为伴，淡泊自在。词人遭遇政治打击，他看透了黑暗的现实，不愿屈从、依附权贵。此词表现出他鄙夷世俗、洒脱旷达的情怀。

拓展延伸

● 临江仙

　　"临江仙"原本是唐朝时期教坊的曲名，后来用作词牌名，又名"谢新恩""雁后归""画屏春"等，字数有五十二字、五十四字、六十字等六种。全词常分为两片，上下片各有五句。

● 秋月春风

秋　月

　　词中的"秋月春风"是一个成语，曾出现在唐代白居易《琵琶行》"今年欢笑复明年，秋月春风等闲度"一句中。这个成语的意思是，秋夜的月亮最明朗，春日的风最和畅，后来泛指良辰美景，也指美好的岁月。

◉青山依旧在，几度夕阳红

在古人看来，尽管朝代不停地交替、更换，但青山和夕阳却不会随之改变。因此，诗词中它们被用来象征自然界和宇宙的永恒。青山常在，宇宙永恒，但人生有限，词人用"青山依旧在，几度夕阳红"一句，表达出人生易逝的悲伤。

《青绿山水图页》［五代十国］李昇

◉渔 樵

渔樵是指渔翁和樵夫，也就是钓鱼的人和砍柴的人。这是中国农耕社会两个比较重要的职业，代表了部分劳动人民的基本生活方式。

在"白发渔樵江渚上"中，联系前后文的语境，这里的"渔樵"并不是字面意思，而是指代不问世事的隐居者。

在我国历代的古诗词中，有关渔樵的诗词有很多，作者大多通过渔樵表达对田园生活和淡泊人生境界的向往。

《顾绣渔樵耕读图》（局部）［清］佚名

旅夜书怀

约公元765年，杜甫辞去工部官职，回到了成都草堂居住。然而没过几个月，他在成都的朋友兼资助人严武去世。失去了依靠，杜甫只能带着家人从成都东下。《旅夜书怀》大约作于这个时候。

细草微风岸，危樯独夜舟。

星垂平野阔，月涌大江流。

名岂文章著，官应老病休。

飘飘何所似，天地一沙鸥。

岸：指江岸边。

危樯：高竖的桅杆。

独夜舟：自己孤零零的一个人夜泊江边。

月涌：月亮倒映，随水流涌。

大江：指长江。

应：认为是，倒是。

飘飘：飞翔的样子，这里有飘零、漂泊的意思。

译 文

　　江岸的细草被微风吹拂着，那高竖着桅杆的小船孤零零地停泊在江边。星空低垂，原野显得格外广阔，月亮倒映在江面上，随波流动。我有点名声，哪里是因为文章写得好呢？做官倒是因为年老多病而被罢退。这到处漂泊的样子像什么呢？就像广袤天地间一只无枝可依的沙鸥。

赏析　　这首诗首联写近景，通过"细草""独夜舟"表明了诗人孑然无依的处境；颔联由近及远，以"星垂"烘托出原野的广阔，用"月涌"营造出长江的气势；颈联记叙诗人自己出名和辞官的原因，抒发了壮志难酬的苦闷；尾联诗人自比为沙鸥，表现了内心漂泊无依的感伤。

拓展延伸

● "垂"和"涌"的妙用

在"星垂平野阔，月涌大江流"一句中，"垂"有垂挂的意思，"涌"有奔涌的意思。满天的星星垂挂在广阔平坦的原野之上，月亮倒映在江水中，随着江水奔涌向前。这句话表现了平原的广阔和江水的浩荡。诗人用这广阔宏大的景象来反衬内心的孤寂。

● 沙 鸥

诗中所说的"沙鸥"是一种鸟，它们善于游水，喜欢飞翔。古代的诗人常用鸥的形象寓意"淡泊寡欲、与世无争"，如李白在《江上吟》一诗

中曾借"白鸥"表达自己无欲无求的心境。但《旅书夜怀》中的沙鸥，代表的则是一种漂泊无依、凄凉孤独的形象。诗人在静夜孤舟的环境中，面对辽阔寂寥的原野，想到自己凄惨的境况，深感自己就像是一只漂泊无依的沙鸥。

◉命运多舛的杜甫

杜甫少年时曾赴洛阳应举不第。三十五岁后，他先在长安应试，又落第；后来向皇帝献赋，向贵人投赠，官场很不得志。命途多舛的他又身逢国运衰微之时，目睹了唐朝上层社会的奢靡与社会危机。他一直有远大的政治抱负，心系苍生，胸怀国事，但长期被压抑而不能施展，在当时默默无闻，名声并不显赫。后来他因为诗文写得好而出名，但这不是他的心愿。他辞官，也不是因为老和病，而是由于被排挤。

《杜甫诗意图全卷》（局部）［清］丁观鹏

览胜手记

江水缓缓地流着，浪花你拥我挤地朝前赶。没有滔天的巨浪，没有如雷的涛声，江水是那样安详、沉静。它时而轻轻掀起自己的裙角，时而腾起几颗晶莹的水珠，时而悠然地打两个转儿，这才依依不舍地向东，直至消失在辽阔的天际。微风拂过，平静的江面立刻现出层层波纹，猛一看去，极像没有熨平的丝绸上的褶皱。江面上，蒙蒙的春雨密密地斜织着，轻轻的、细细的，闪着光，带着笑，如牛毛，似花针，在江面上织出一道巨大的帷幕。

提到长江，你会联想到什么？是中国第一长河的称号，还是壮阔浩瀚的江上风景，又或是那些与长江有关的诗词歌赋？一路游历至此的李白，他站在一叶扁舟之上，望着眼前的天门雄峰，忍不住吟诵出了"两岸青山相对出，孤帆一片日边来"的千古名句；一生颠沛流离的杜甫带着家人四处辗转，深夜之时也难免发出"飘飘何所似，天地一沙鸥"的感叹；而遭遇贬谪的杨慎并未消沉，反而寄情于山水，从历史长河中探寻到了"古今多少事，都付笑谈中"的人生真谛。

黄河

瀑布的水为什么是黄色的？

壶口瀑布上游流过黄土高原，水里含沙量大，所以颜色是黄的。

我们到了壶口瀑布景区，黄河吼声震耳欲聋，太震撼了！

黄河之水天上来，玉关九转一壶收！

要把彩虹拍进去！

黄河壶口瀑布分为两处：黄河西岸是陕西宜川壶口瀑布，黄河东岸是山西临汾吉县壶口瀑布。两个景区隔河相望，景区内不相通。

黄河是中国第二大河流，是中华文明最主要的发源地。黄河发源于青藏高原巴颜喀拉山脉北麓的约古宗列盆地，自西向东流经9个省（自治区），最后流入渤海。河段的壶口瀑布是中国第二大瀑布，也是世界上最大的黄色瀑布。

黄河的源头

　　黄河的河源有三个，分别是扎曲、约古宗列曲、卡日曲，都位于我国的青海省。扎曲干涸的时间比较长，而卡日曲的流域面积比较大，在旱季也不干涸，是黄河的正源；约古宗列曲周围有许多小水泊，宛如大地上冒出的珍珠。相传，松赞干布就是在这里第一次见到文成公主，并一起返回布达拉宫。

《黄河地图》（局部）［明］佚名

小浪底

小浪底水库大坝

　　黄河小浪底在黄河中游的尾段，位于河南省洛阳市与济源市的交界处，是我国著名的水利枢纽，也是有名的风景区。它分为西霞湖、大坝湿地公园、张岭半岛度假区、黄河三峡四大景区，吸引了不少游客前往游览。

函谷关

　　函谷关是中国历史上最早的雄关要塞之一，有秦函谷关、汉函谷关、魏函谷关（分别由秦朝、汉朝、三国时期的魏国所修建）三处，三者的位置都在地势险要的黄河沿岸。函谷关是有名的古代战场。春秋时期，秦国为了防备从东边进犯的诸侯国，在边境险要的地方建造了函谷关，派重兵把守，才得以打败其他的诸侯国，统一了中国。函谷关还流传着先秦思想家老子写下《道德经》的故事，并留下了"紫气东来"这个成语。

《老子出关图》［明］佚名

榜上有名

　　古老的黄河孕育了底蕴深厚的中华文明，黄河流域一度成为中国经济、政治、文化发展的中心。这里留下了古人太多的足迹，而我们熟知的《诗经》、唐诗、宋词等文学经典，也有不少诞生在这里。

排行榜

《使至塞上》	王 维
《浪淘沙》（其一）	刘禹锡
《将进酒》（节选）	李 白

使至塞上

唐朝时期，皇帝为了更好地管理边远的地方，设置了节度使的官职。唐玄宗开元二十五年（737），河西节度使崔希逸在边疆打败了吐蕃军，唐玄宗让王维以监察御史的身份去西北边境，替皇帝慰问众将士，察访军情。其实，当时的王维是受到朝廷的排挤，才被派往塞外的。《使至塞上》就是王维在这次出塞的途中写下的。

来都来了，写一首边塞诗再走吧。

王维

单车欲问边，属国过居延。

征蓬出汉塞，归雁入胡天。

大漠孤烟直，长河落日圆。

萧关逢候骑，都护在燕然。

注 释

使至塞上： 出使边塞。

单车： 一辆车，车辆少，指轻车简从。

问边： 慰问守卫边疆的官兵。

属国： 出使边陲的使臣，这里指诗人自己。

居延： 地名，此处泛指辽远的边塞地区。

征蓬： 随风飘飞的蓬草，此处为诗人自喻。

大漠： 大沙漠，此处大约是指凉州之北的沙漠。

孤烟： 指烽烟。

长河： 指黄河。

萧关： 古关名，又名陇山关，故址在今宁夏固原东南。

候骑： 负责侦察的骑兵。

都护： 这里指前线统帅。

燕然： 燕然山，即今蒙古国杭爱山。此处代指前线。

译 文

　　我穿着一身轻便的装束驾着车，捎带着简单的行李，打算去慰问边关的将士，刚好路过西北边塞的居延。像随风飘飞的蓬草一样出了边塞，北归的大雁正翱翔在云天。在宽广无边的沙漠中，烽烟直直地升上云霄，空阔的黄河边上，落日浑圆。来到萧关时，遇上了侦察的骑兵，被告知主帅还在前线，没有归来。

诗人介绍

　　王维（701？—761），字摩诘，号摩诘居士，有"诗佛"的称号。他精通诗、书、画、音乐，十分擅长写五言诗，题材以山水田园为主。苏轼曾经对王维的诗和画有"味摩诘之诗，诗中有画；观摩诘之画，画中有诗"的评价。其代表作有《相思》《山居秋暝》等。

王维奉命赴边疆慰问将士，途中看到塞外雄浑苍凉的风光，又想到自己被朝廷排挤的事，心里不免产生孤寂、悲伤的情感。当读到"大漠孤烟直，长河落日圆"时，我们可以感受到诗人的孤寂情绪已经消散在广阔的自然之景中。可见，诗人面对挫折时能调整好心情，保持开朗积极的心态。

拓展延伸

● 蓬 草

诗中的"征蓬"其实是一种生长在野外的小草——蓬草。蓬草变得干枯之后，常常在近根处被风折断。因为它又小又轻，外形像圆圆的草球，被春风一吹就卷起飞旋，所以也叫"飞蓬""飘蓬"或"孤蓬"。在古代

诗歌中，诗人常用它来比喻人漂泊无依的境遇。如李白的《送友人》中有一句"此地一为别，孤蓬万里征"，就是说朋友像孤蓬，去到万里之外，行踪不定。宋代诗人彭汝砺的《寄庭佐》中也有"久别随蓬草，相思看雁行"的

诗句，表达了与所思之人分别的时间很长，自己像蓬草一样漂泊的无奈与悲伤。

◉萧　关

　　王维要了解河西一带的边防情况，必然要经过萧关。萧关是西北的重要关口，早在汉朝时就是军事要地，有重兵驻守，作用是保护中原不受外族的侵犯。古代，人们说起萧关，总是会想到胡笳、羌笛、蒿草、白骨、野兽等这些带有边境荒蛮色彩的物象。文人墨客也常常把萧关道路险要、环境恶劣、战争残暴等特点写进诗文中，来记录历史变迁，表现精神风貌。

浪淘沙（其一）

　　唐顺宗永贞元年（805），朝廷发生了"永贞革新"，没多久新政就失败了。刘禹锡作为新政的核心人物，被贬到地方做小官。后来终于返回京城，他又因为一首诗惹怒权贵，被贬到南方偏远地区担任刺史。虽然仕途坎坷，但刘禹锡始终保持着积极乐观的心态。据说这首《浪淘沙·其一》就是他被贬到夔州时写的，诗作显露出他豪迈开朗的个性。

九曲黄河万里沙，
浪淘风簸自天涯。
如今直上银河去，
同到牵牛织女家。

注 释

九曲：古人认为黄河有九道弯，指弯弯曲曲的地方很多。

万里沙：黄河在流经各地时挟带了大量泥沙。

浪淘：黄河卷着泥沙。

簸：掀翻，上下簸动。

天涯：天边。

牵牛织女：银河系的两个星座名。相传，织女本是天上的仙女，下凡到人间后和牛郎结为夫妇。后来西王母召回织女，牛郎追上天，西王母就罚他们隔着银河遥遥相望，只准每年农历七月初七的夜晚相会一次。

译 文

黄河弯弯曲曲，流经万里，挟带着许多泥沙，经历波浪的淘洗和狂风的簸动，从天边而来。现在我们可以沿着黄河径直到银河，一起去往牛郎织女的家。

诗人介绍

刘禹锡（772—842），字梦得，唐代诗人。他进士及第后，在朝中担任过许多的官职。后来，他因参与"永贞革新"被贬，长期在外为官。刘禹锡擅长写诗作文，和柳宗元等人是好友，也是十分有名的文学家。因为他的诗作风格豪健雄奇，气魄宏大，所以有"诗豪"之称。他的代表作有《竹枝词九首》《杨柳枝词九首》《乌衣巷》《陋室铭》等。

写这首诗的时候，刘禹锡在离京城很远的、偏僻的夔州，官场失意。他在这样的遭遇下，却能借黄河中的沙砾冲风破浪的景象，热情地赞美像沙砾那样一往无前的事物和人们。而他对银河和牛郎织女的美好想象，则流露出浪漫主义的情怀。我们读这首诗，能体会到其中展现的诗人百折不挠、积极进取的精神和豪迈的气概。

拓展延伸

◉永贞革新

唐顺宗即位后，重用了有改革、整治朝政想法的王叔文、王伾（pī）。刘禹锡和王叔文是志同道合的朋友，自然成为革新集团的重要人物。他们提出的改革措施因为触犯了藩镇、宦官和大官僚们的利益，被保守势力抵制，很快就宣告失败。最终唐顺宗被迫退位，王叔文被赐死，王伾被贬后病死。刘禹锡也因此先被贬为连州刺史，之后又加贬为朗州司马。因为革新在永贞年间进行，所以叫"永贞革新"。

● 浪淘沙

"浪淘沙"并不是特指黄河的波浪冲刷黄沙，它一开始是唐朝教坊的曲名，后来被用作词牌名，由刘禹锡、白居易首创。作为词牌名，它的内容形式大都是七言绝句。比较有名的代表词作，除了刘禹锡的《浪淘沙九首》，还有李煜的《浪淘沙·往事只堪哀》、辛弃疾的《浪淘沙·山寺夜半闻钟》、欧阳修的《浪淘沙·把酒祝东风》。

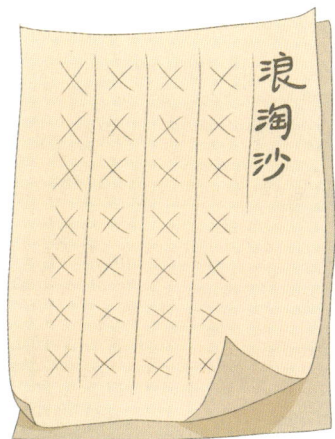

● 唐诗中的牛郎织女

牛郎织女的故事在唐诗中经常出现，刘禹锡借此在诗中展现出浪漫主义的情怀。还有一些诗人使之富有多重象征意义。如杜甫的《一百五日夜对月》中有"牛女漫愁思，秋期犹渡河"的诗句，抒发了离别之苦。元稹在《含风夕》中写道"怅望牵牛星，复为经年隔"，表达了两地分居的无奈。还有诗人陆畅借此表达了理想的爱情："天上琼花不避秋，今宵织女嫁牵牛。"（《云安公主出降杂咏催妆二首·其一》）

《香月潮音图》［元］佚名

将进酒（节选）

李白因为才华出众，被唐玄宗招进京城，在翰林院任职。没多久，李白就因为得罪了权贵被排挤出京城。他心里很烦闷，就跑去游山玩水，会友写诗。这一时期，李白常常和朋友们爬山聚会，借酒放歌，以此来发泄心中的不快。《将进酒》就是在这时候写的。

君不见黄河之水天上来，奔流到海不复回。君不见高堂明镜悲白发，朝如青丝暮成雪。人生得意须尽欢，莫使金樽空对月。天生我材必有用，千金散尽还复来。

注 释

将进酒：乐府旧题。将，请。

君不见：用于诗词句首，有反问意味。

天上来：黄河发源于青海，那里地势很高，仿佛与天同高，所以有此说法。

高堂：高大的厅堂。

青丝：黑发。

得意：称心合意的时候。

金樽：古代的盛酒器具。

译 文

　　你难道没有看见，那汹涌奔腾的黄河水，就像从天上倾泻而来？它滚滚东去，奔向大海，永远不会返回。你难道没有看见，在高堂上面对明镜，深沉悲叹那一头白发？清晨还是满头青丝，到了傍晚却变得如雪一般。所以人生称心合意的时候要尽情享受欢乐，不要让酒杯空对着皎洁的明月。上天给予我才干，一定是有价值和意义的，上千两的黄金花完了也还会再得到。

赏析　　李白借着劝酒的工夫，感叹时光易逝，抒发了怀才不遇的心情。从这首诗中，我们能感受到李白桀骜不驯的个性，一方面他在政治前途受阻后，流露出纵情享乐之情，看似消极，却流露出怀才不遇而渴望入世的积极心态；另一方面他对自己充满了信心，"天生我材必有用"一句高度肯定了自我。这首诗表面是在感叹时光易逝，人生易老，实则是抒发诗人怀才不遇的愤激之情。全诗气势豪迈，感情奔放，具有很强的感染力。

拓展延伸

◉ 天生我材必有用

　　李白诗中的"天生我材必有用"是千古名句，它激励我们在生活不如意的时候，要保持自信、乐观，相信每个生命都是与众不同的，都有存在的价值。其实，早在《中庸》一书中就有"故天之生物，必因其材而笃焉"，意思是上天生养万物，必定是根据各自的资质来培养的。所以，生活中，我们应该认识到自己的优势，保持自信，实现自己的人生价值。

自信的人最美！

◉ 《将进酒》

　　《将进酒》与前面所提到的《巫山高》一样，也是汉时短箫铙歌的一首曲名，实际上属于劝酒歌。李白以它为题作诗，诗中所提之事也与喝酒有关。

◉劝酒诗之最

诗歌历史上，劝酒诗数不胜数，尤其以李白的这首《将进酒》最为豪迈。当然，其他类型的劝酒诗也各有特点。如王维的《送元二使安西》可列为最难推脱的劝酒诗，"劝君更尽一杯酒，西出阳关无故人"，惜别之情分外真挚。

而白居易的《问刘十九》是最温馨的劝酒诗："绿蚁新醅酒，红泥小火炉。晚来天欲雪，能饮一杯无。"全诗充满诗情画意。

要说最直抒胸臆的劝酒诗人，当属忧国忧民、唯才是举的曹操，他有"对酒当歌，人生几何"（《短歌行》）的诗句为证。

最后，陆游在《游山西村》中写道："莫笑农家腊酒浑，丰年留客足鸡豚。"生活气息浓厚，人情温暖，不失为最接地气的劝酒诗。

《蕉林酌酒图》［明］陈洪绶

览胜手记

片段一

　　劳累了一天的太阳，没有了中午时的威严，拖着疲惫的身子，收起了耀眼的光芒。此时，它正在黄河边际的尽头，缓慢地靠近地平线。放眼望去，大片的云彩在不断地变换颜色，连黄河滩也变起色来。真是美丽极了！太阳慢慢地往下落，把一条条、一束束"五彩带"撒向天空，撒向大地。光带又被粼粼波动的河水散射成闪闪亮光。渐渐地，太阳落山的速度越来越慢了，一副难舍难分的样子，"脸色"也变得通红。此时的河水就像镜子一样，照着它又红又圆的脸盘。我不禁想起"大漠孤烟直，长河落日圆"的诗句，说的就是眼前这夕阳下的黄河之景啊。

片段二

　　"千里黄河一壶收"说的是原本河面很宽的黄河，一到壶口这个地方就突然变窄了很多，因此形成了气势磅礴的壶口瀑布。趁着假期，我有幸参观了壶口瀑布。我站在壶口瀑布景区，只见本来平静的黄河水到了这儿，一下子蓄积起巨大的力量。"九曲黄河万里沙"，夹杂着黄沙的河水翻腾着，汹涌而来，犹如千军万马挤进收窄的河道，落入河槽，吼声如雷。飞溅起来的水珠形成一片浓浓的水雾，弥漫上升，仿佛升起的云朵。更奇妙的是，在白色水雾里，竟然出现了若隐若现的彩虹，五光十色，美丽极了。壶口瀑布的落差并没有很大，但它雄伟的气势足以让人念念不忘，这大概就是凝聚了黄河力量的壮阔景象吧！

洞庭湖

洞庭湖是我国第二大淡水湖，被称为"鱼米之乡"。它在北面接收长江分支的来水，南面和西面接收湘、资、沅、澧四水及汨罗江等小支流，再由岳阳市城陵矶注入长江，是长江流域重要的调蓄湖泊，蓄洪能力强大，曾化解长江无数次的洪患。洞庭湖中有一些岛屿，其中君山名胜古迹众多，风景秀丽，值得一游。

湘妃祠位于洞庭湖中的君山上，是为纪念上古时期舜帝的两个妃子——娥皇和女英而修建的。

湘妃祠三个大字两边各有一条金色的龙！

洞庭湖真大呀！

我要和这汉白玉的石狮合个影。

洞庭湖名称的由来

《山水册》［明］董其昌

洞庭湖因为湖中有一座洞庭山，也就是现在的君山而得名。历史上，洞庭湖还有云梦、云梦泽等称呼。西汉辞赋家司马相如曾写过《子虚赋》，文中有一句"云梦者，方九百里，其中有山焉"，意思是说云梦方圆九百里，其中有山。"云梦"就是指洞庭湖。

洞庭湖的自然之境

洞庭湖是因为燕山断陷的地理运动而形成的，所以湖周围有山峦，加上长期的泥沙淤积，呈现"湖外有湖，湖中有山"的特点。洞庭湖中有来往的渔船、大片的芦苇，还有各种水鸟在这儿安家，一年四季景色变化万千，各有特点。古人说的"潇湘八景"中的"洞庭秋月"就是指洞庭湖的秋景。

《潇湘八景图（洞庭秋月）》［明］张龙章

湘妃竹

相传，几千年前，舜帝去南方铲除恶龙，很长时间都没有音讯，他的两个妃子娥皇和女英因为担心，就跑去寻找丈夫。原来舜帝铲除了恶龙后便在洞庭山病逝了。娥皇和女英找到舜帝的墓后抱头痛哭，她们的眼泪滴在竹子上，竹子呈现出点点泪斑，变成了斑竹，也叫湘妃竹。后来两位妃子因悲伤过度而逝世，后人为她们建了二妃墓。这两位妃子也叫湘君，洞庭山因此改名为君山。君山的竹子除了斑竹，还有罗汉竹、实心竹等。

榜上有名

洞庭湖的物产资源十分丰富，湖中有河蚌、黄鳝、洞庭蟹、财鱼等珍贵的河鲜特产，还有君山名茶、斑竹等植物特产，种类繁多。洞庭湖的人文价值也很深厚，历朝历代的诗人们写过不少关于它的作品，那"遥望洞庭山水翠，白银盘里一青螺"的动人诗句，传唱至今。

排行榜

《望洞庭》	刘禹锡
《望洞庭湖赠张丞相》	孟浩然
《晚泊岳阳》	欧阳修

望洞庭

在夔州待了三年后，刘禹锡又被调任为和州刺史。在前往和州的途中，他经过洞庭湖，看到眼前的美景，写了《望洞庭》一诗。此前，刘禹锡已经多次被贬到南方荒凉的地方，遥看洞庭湖景也不是第一次了，可能是洞庭湖的秋日风光与平日不同，别有一番风味，使他忍不住作起诗来。

刘禹锡

每次来洞庭湖都有新的收获！

湖光秋月两相和，
潭面无风镜未磨。
遥望洞庭山水翠，
白银盘里一青螺。

湖光：湖面的波光。

两：指湖光和秋月。

和：和谐。指水色与月光互相辉映。

潭面：指湖面。

镜未磨：古人的镜子用铜制作磨成。此处指远望湖中的景物，隐约看不太清，像镜面没打磨时照物模糊。

白银盘：形容平静清亮的洞庭湖面。

青螺：青绿色的螺。这里用来形容洞庭湖中的君山。

译 文

　　洞庭湖的水色和月光互相照映，湖面风平浪静，仿佛是没有打磨的铜镜。远远眺望洞庭湖，君山苍翠如墨，好像是白银盘里托着一枚青螺。

赏析　　在秋天的夜色中，刘禹锡眺望洞庭湖的山水，兴致高涨。洞庭湖宁静祥和而又壮阔的美，在他的诗中被生动形象地描绘出来了。水月交融、潭面如镜、湖水如盘、君山如螺源于诗人丰富的想象，月光下的洞庭湖在他的笔下显得分外清新脱俗。我们从这首诗中可以感受到他对洞庭风光的喜爱，字里行间也体现出诗人不凡的气度和情趣。

拓展延伸

●君 山

　　君山是八百里洞庭湖中的一个小岛，古时候叫洞庭山、湘山，与名楼岳阳楼遥遥相对。君山文化底蕴深厚，名胜古迹众多，不仅有秦始皇封山印、摩崖石刻、新石器遗址等历史遗迹，还有斑竹、二妃墓等充满神话色彩的物产和景观。中国十大名茶之一的君山银针也产自这里。

◉ 镜　子

在《望洞庭》这首诗中，诗人把湖面说成"镜未磨"，把它比喻成没有打磨的铜镜。

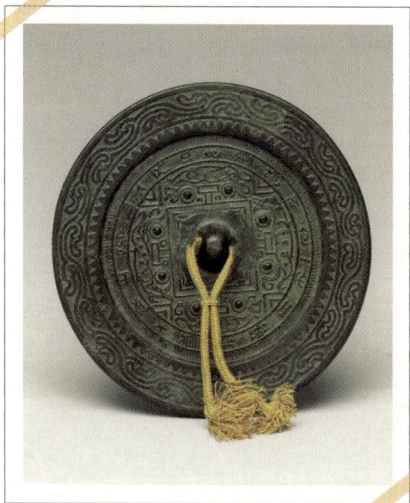

博局纹镜［汉］

铜镜就是古代用铜做的镜子。纵观历史，我国最早的铜镜是在4000多年前的齐家文化遗址中发现的，当时的制镜技术还不够成熟，所以铜镜比较粗糙，表面光泽度不高，纹饰也比较简单。在商代，铜镜最早是用来祭祀的礼器。春秋战国时，铜镜成为王公贵族才能享用的奢侈品。直到西汉末期，铜镜才慢慢地走进老百姓的生活。

汉代社会经济繁荣，手工业发展迅速，促使铜镜铸造技术不断进步。这个时期可以称得上是铜镜发展史上的第一个高峰。铜镜相对较薄，圆形带凸缘，背面铸了铭文和装饰图案，背面中央有半圆形钮，用以安放镜子，无柄，而且正面会被打磨光亮，这样就可以清晰地映照出画面了。这个时期还出现了全身镜。

唐代时有了各种花镜，如葵花形镜、菱花形镜、方亚形镜等，图案除了传统的瑞兽、鸟兽、画像、铭文等纹饰外，还增加了表现西方题材的海兽葡萄纹，表现现实生活的打马球纹等，在造型上有了很大的突破。

海兽葡萄纹镜［盛唐］

宋代的铜镜更为轻薄，装饰比较简洁，注重实用功能，形状仍以圆形为主，也有方形、弧形、菱形以及带柄等多种形式。图案有花草鸟兽、小桥楼台等，生活气息浓厚。

元代以后，铜镜的质量、艺术水平呈下降趋势。到了明代，开始传入玻璃镜。清代乾隆以后，玻璃镜逐渐取代铜镜，在民间广泛普及。

《梅花仕女图》（局部）［元］佚名
画面中，一位女子站在梅花树下，正手持铜镜，
专注地打扮自己。

望洞庭湖赠张丞相

唐玄宗时期，有一位十分贤明的丞相叫张九龄。他气度不凡又忠职尽责，能选贤任能，不徇私枉法，也不依附权贵，世人都很推崇他。当时，大诗人孟浩然事业遇到挫折，非常希望有人能帮助自己，于是他写下《望洞庭湖赠张丞相》一诗，投赠给张九龄，希望得到他的引荐、赏识和录用。

只有羡慕的份了！

孟浩然

八月湖水平，涵虚混太清。

气蒸云梦泽，波撼岳阳城。

欲济无舟楫，端居耻圣明。

坐观垂钓者，徒有羡鱼情。

张丞相：指张九龄，唐玄宗时丞相。

涵虚：包含天空，指天空倒映在水中。虚，天空。

混太清：与天混为一体。太清，天空。

云梦泽：古代湖泊群的总称，在洞庭湖北面。

济：渡。

楫：船桨。

端居：闲居在家。

圣明：指太平盛世。

徒：只，仅仅。

译 文

到了八月，洞庭湖水猛地高涨起来几乎与岸齐平，天空倒映在水中，湖水与天空浑然一体。湖中蒸腾的水气白茫茫一片，波涛汹涌，似乎把岳阳城都冲撞得摇晃了。想要渡水却没有船可以乘坐，只能闲居在家无事可做，有愧于这太平盛世。坐看垂钓的人多么悠闲自在，可惜我只能空怀一片想得到鱼儿的心情。

诗人介绍

孟浩然（689—740），襄州襄阳（今湖北襄阳）人，唐朝著名山水田园派诗人。他生活在唐朝强盛之时，早年也曾想在官场上一展宏图，但仕途之路并不顺利。于是，他选择当隐士。孟浩然曾隐居在襄阳的鹿门山，他的诗大多写与山水田园有关的隐居生活。和山水田园派诗人王维相比，孟浩然的诗境界稍逊一筹，却自有清新生动、质朴感人的独特风格。后人称他们两人为"王孟"。

　　孟浩然很有才华，却苦于没有机会在朝廷中施展，他的这首诗就像是投给丞相张九龄的"求职信"。诗人希望得到张九龄的赏识和提拔，又没有直说。他在诗中描绘了八百里洞庭的壮阔宏伟，又表示自己在烟波浩渺的洞庭湖畔，想渡水却没有船，内心伤感又无奈。其实，这里说没有船可以渡水，意思是没有伯乐引荐自己步入仕途。对于那些步入仕途的人，孟浩然只能含蓄地表示羡慕。

拓展延伸

● 羡鱼情

　　诗中的"徒有羡鱼情"出自《淮南子》："临河而羡鱼，不若归家织网。"这句话的意思是对着河流而想得到鱼儿，不如回家织网。在诗中，"垂钓者"比喻当朝执政的人，也有专指张九龄的意思。诗人想说的是：张丞相，您能出来主持国政，我很钦佩您。可我没有做官，不能追随您，替您效力，只能表示钦佩羡慕之情了。

◉ 八月的洞庭湖水

洞庭湖是长江中游很重要的一个调蓄湖泊，每年在八月前后的汛期能够分泄长江大量的洪水。同时，洞庭湖还要容纳湘水、资水、沅水、澧水等河流的水量。诗人在八月眺望洞庭湖，此时正是洞庭湖水上涨，风逐浪涌的时候，所以诗人会写出"八月湖水平"的诗句。

《仿古山水册》［清］周鲲

◉ 干谒诗

孟浩然的这首《望洞庭湖赠张丞相》是干谒诗的代表作。什么是干谒诗？其实就是现代的自荐信，是古代文人为推荐自己而写的诗歌。当时，一些文人为了求得进身的机会，就向达官贵人呈献诗文，展示自己的才华与抱负，以求得他们的引荐。

像孟浩然这样的士子们，他们写干谒诗，一方面因为要铺垫进身的台阶，言词会有很多限制，作起来需竭尽才思，并不容易；另一方面，由于他们所要呈献的阅读对象大多是高官显贵、社会贤达，所以诗作内容要含蓄有礼。

在唐代浩如烟海的诗歌中，干谒诗往往因其内容单调、多乞怜语而不为人所看重。但是，干谒诗中体现出来的文人心态，对研究诗人、诗歌的意义以及干谒诗的写作技巧是很有价值的。

晚泊岳阳

宋仁宗景祐三年（1036），当时的宰相吕夷简拉帮结派，谋求私利。正直的范仲淹将京城中官员的晋升情况绘制成《百官图》，呈给皇帝宋仁宗，并指出吕夷简用人不当，没有按照贤能选用人才。结果，吕夷简在仁宗面前反告范仲淹越职言事，离间君臣之间的关系，范仲淹因此被贬官。

欧阳修作为范仲淹的朋友也受到牵连被贬为夷陵（今湖北宜昌）县令。五月，欧阳修带着家人走水路前往夷陵。到了九月初四晚上，他们停泊在岳阳城外的洞庭湖口。月光下，欧阳修难以入眠，就写下这首《晚泊岳阳》记录当时的情景。

今晚要在这岳阳城下过夜了。

欧阳修

卧闻岳阳城里钟，系舟岳阳城下树。

正见空江明月来，云水苍茫失江路。

夜深江月弄清辉，水上人歌月下归。

一阕^{què}声长听不尽，轻舟短楫去如飞。

注 释

泊：船靠岸。

系舟：停船靠岸。

苍茫：旷远迷茫的样子。

失江路：因为江水苍茫，看不清江上行船的去路。

清辉：皎洁的月光。

一阕：乐曲每一次终止。

短楫：小船桨。

译 文

我躺在船上，听到从岳阳城里传来的钟声，乘坐的船就停泊在岳阳城边的树下。江面空阔，明亮的月亮渐渐升起，天水相连，浓浓的夜色使得江面茫茫，看不清行船的去路。江面上空月色皎洁，水面上传来船夫晚归时的歌声。一曲歌声还在耳边回响，船夫已经划着船桨飞快地驶过我停泊的地方。

诗人介绍

欧阳修（1007—1072），字永叔，号醉翁，又号六一居士，北宋著名的政治家、文学家。他是北宋朝廷的重臣，担任过翰林学士、枢密副使、参知政事等。在宋代文学史上，欧阳修是最早开创一代文风的文坛领袖，领导了北宋诗文革新运动，对文风、诗风、词风进行了革新。后人将他和韩愈、柳宗元、苏轼合称"千古文章四大家"。他又与韩愈、柳宗元、苏轼、苏洵、苏辙、王安石、曾巩合称为"唐宋散文八大家"。朝廷根据欧阳修的生平事迹，赠予他"文忠"的谥号，因此，后人尊称他为欧阳文忠公。

这首诗从多个角度描摹了岳阳城外的月光水色。首联表现了诗人停船的地点及周围的氛围，颔联描绘了洞庭湖口空旷开阔的景象，颈联写皎洁的月色和晚归船夫的歌声，尾联勾画了诗人被触动的心绪。诗人陶醉在江月和歌声中，但由于船夫行船很快，歌声还没听完，已经远逝了，这不免让他感到孤寂。

拓展延伸

● 诗词中的"江""月"

诗人因为赶往贬官之地，乘船漂泊在江上，又有月色相伴，不禁产生了思乡愁绪。在古诗词中，"江"常用来感怀时间流逝或表达深沉悠远的情绪。如苏轼在《念奴娇·赤壁怀古》中说"大江东去，浪淘尽，千古风流人物"，"大江东去"就寓示着时光易逝，一去不复返。李煜的《虞美人》中有"问君能有几多愁，恰似一江春水向东流"的句子，"一江春水"就是指连绵不尽的愁思。而"月"在古诗词中营造宁静美好的氛围，也代表孤独和哀怨，寄托乡思。如李白的《静夜思》中有"举头望明月，低头思故乡"，里面的月亮代表的就是后一种含义。

看到月亮就想家了。

◉为什么古代诗人经常路过岳阳？

岳阳位于洞庭湖的旁边，它的发展得益于洞庭湖带来的优势：资源丰富，风景优美，还是古代水上交通的重要通道。

在古代，南方总是作为官员的贬所。而长江作为南方最大的河流，承担了大部分的行船任务。尤其在主要交通方式是"南船北马"的古代，南方的主要出行方式就是走水路。

岳阳这座城市紧靠长江中游，是湖南地区唯一一个临江口岸城市，所以走这段长江水域的来往船只都会经过岳阳。写这首诗时，欧阳修就是走的水路。此外，还有很多古代诗人曾来到岳阳，如唐代的杜甫曾从夔州沿江漂泊到岳阳，写下了有名的《登岳阳楼》。

《岳阳大观轴》［清］王时翼

片段一

洞庭湖的湖面广阔，烟波浩渺，有"八百里洞庭"之说。虽然现在的洞庭湖面积有所变化，但它的美没有丝毫改变。

你看，洞庭湖的水面真平啊，平得就像一面大大的镜子；洞庭湖的水真绿啊，绿得就像一块无瑕的碧玉；洞庭湖的水真深啊，深得一眼见不到底……

洞庭湖中有一座叫君山的小岛。君山上树木葱郁，空气清新，山里住着好几户人家，他们大部分以捕鱼为生，所以湖面上常常能看到来往穿梭的渔船。远远望去，绿水环抱着青山，秀美的洞庭湖景色真可以用"遥望洞庭山水翠，白银盘里一青螺"来形容。

片段二

站在湖边草木稀疏的地方，望向湖面，眼前恰好是唐朝诗人孟浩然所吟的"八月湖水平，涵虚混太清"的景象。湖中波涛涌动，广阔无边。湖水接着蓝天，河滩衬托着蓝色的湖水，浑然一体，非常壮观。

再回头看向湖边，芦苇青青，白帆点点，水鸟盘旋。湖畔还有一棵棵绿树的倒影呈现在水面上。如此便构成了一幅迷人的山水图画。

洞庭湖区不仅景色美，还有"鱼米之乡"的美誉呢。洞庭湖盛产各种肥美可口的鲜鱼，湖区周围还有肥沃的土地，十分适合种植农作物。就连各种鸟儿也喜欢来到洞庭湖，在这儿筑巢、嬉戏呢！

烟笼寒水月笼沙，说的就是秦淮河的月色。

秦淮灯彩可是国家级非物质文化遗产！

秦淮灯会的历史最早可追溯到魏晋南北朝时期，在唐朝迅速发展，于明朝达到鼎盛。据文献记载，早在南朝，南京城就举办过元宵灯会，目的是祈求风调雨顺、家庭美满和天下太平。

传说，秦淮河是秦始皇为了治理淮水下令开凿的，因此得名"秦淮"。

听说乌衣巷就在秦淮河边，坐船去找找看。

秦淮河

秦淮河是南京市最大的地区性河流，由东向西横贯南京主城，注入长江。它在历史上主要用于航运、灌溉，孕育了南京古老文明，是南京的母亲河，也被称为"中国第一历史文化名河"。沿河主要景点有南京夫子庙、江南贡院、乌衣巷等。

夫子庙

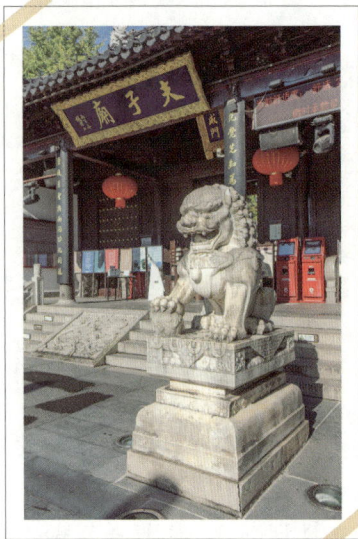

南京夫子庙

夫子庙位于秦淮河河畔，有照壁、大成殿、尊经阁、明德堂等古建筑，是供奉和祭祀孔子的地方，也是中国四大文庙之一。夫子庙以大成殿为中心，建筑呈对称分布，四周围着高墙，还有门坊和角楼。大成殿是专门祭祀孔夫子的主殿。现在，夫子庙建筑群被誉为秦淮名胜，市街景合一的特色景观使它成为中国最大的传统古街市，吸引了不少游客。

秦淮画舫

画舫，就是装饰得很漂亮、专供游人乘坐的船。秦淮画舫在明朝朱元璋定都南京之后兴盛起来。当时，为了彰显太平盛世，朱元璋下令元宵节在秦淮河上燃放水灯，鼓乐齐鸣，让民众乘坐彩灯船在河面观赏。从此，秦淮画舫成了当地的一大特色。秦淮河灯火璀璨，笙歌不断，吸引了文人墨客跑来吟诗作画，留下了很多名篇佳作。

江南贡院

江南贡院位于南京夫子庙学宫的东侧，是夫子庙秦淮风光带的组成部分。江南贡院建于宋孝宗乾道四年（1168）。到了清朝同治年间，江南贡院的建筑规模达到鼎盛，成为中国古代科举考场之最。之后清朝廷为了推广学堂，废除科举考试，从此江南贡院结束了它的使命。江南贡院为国家选拔了大量的人才，据说，明清时期全国半数以上的官员都出自江南贡院。如今，我们还能在中国科举博物馆了解到江南贡院辉煌的历史。

江南贡院

榜上有名

古老的秦淮河历经千年的流转，见证了历朝历代的兴衰荣辱，孕育着悠久深厚的历史文化底蕴。曾经，这里商贾往来，酒肆林立，文人墨客、才子佳人在此留下了无数的故事。如今，我们可以像古人一样乘坐画舫，漫游秦淮河，一边观赏如烟如画的美景，一边听秦淮河水吟唱古老的传说。

排行榜

《泊秦淮》	杜 牧
《乌衣巷》	刘禹锡
《水龙吟·登建康赏心亭》	辛弃疾

泊秦淮

唐朝晚期，朝廷内部腐朽不堪，各地割据势力越来越强大，边疆也时常遭到侵扰。诗人杜牧看到国家危机四伏，感到十分忧虑。这天夜晚，他乘坐的船停泊在秦淮河岸。河畔灯红酒绿、歌舞升平的景象，让他想到当权者昏庸荒淫，国势日益衰败。他愤慨之下写了这首《泊秦淮》。

只有我一个人
在为国家发愁吗？

杜牧

烟笼寒水月笼沙，
夜泊秦淮近酒家。
商女不知亡国恨，
隔江犹唱后庭花。

笼：笼罩。

商女：以卖唱为生的歌女。

犹：还，仍然。

后庭花：歌曲《玉树后庭花》的简称。

译 文

在迷蒙的月色下，轻淡的烟雾笼罩着清冷的河水和白沙。夜晚，我乘坐的船就停靠在秦淮河边，靠近岸上的酒家。卖唱的歌女不知道什么是亡国之恨，依然隔着江水吟唱着《玉树后庭花》。

诗人介绍

杜牧（803—853），字牧之，号樊川居士，唐代杰出的诗人、散文家。杜牧的诗歌以七言绝句著称，内容多为咏史抒怀，在当时就很有名气。杜牧也被称为"小杜"，与李商隐并称"小李杜"。其代表作有《泊秦淮》《江南春》《题乌江亭》等。

赏析 诗的前半段写秦淮夜景，后半段抒发感慨，用陈后主（陈叔宝）追求荒淫享乐最终亡国的历史，讽刺了那些不会吸取教训，一味沉迷声色的晚唐统治者，表现了对国家命运的深切忧虑。

拓展延伸

● 诗中的"互文"

互文，是古诗文中很常见的一种修辞方法，就是上下两句或一句话中的两个部分，看起来好像是各说各的，讲了两件事，但实际上说的是一件事。两句或一句话中的两个部分是互相呼应、互相阐发、互相补充的，来表达一个完整句子的意思。"烟笼寒水月笼沙"就运用了互文的方法，不是"烟笼寒水""月笼沙"，而是轻烟和月色笼罩着寒水和白沙。

● 商　女

诗中出现的"商女"，在古代指歌女。在唐朝时，歌伎、女伶被称作"秋娘"，也称为"秋女"。那么为什么又被称为"商女"呢？我国古人把五音（宫商角徵羽）与四季相配时，因为商音凄厉，与秋天肃杀的气氛相应，所以用"商"来配"秋"。古代用商指秋的情况比较多见，比如，商信、商风、商吹指秋风，商日指秋天，商序、商素指秋季，商意、商气指秋意、秋气，商云指秋云，商暮指秋末。这样看，"商女"就是秋女，也就是歌女了。

只有商音与
这秋色最为般配。

◉《玉树后庭花》

《玉树后庭花》是一首宫体诗，作者是南朝陈末代皇帝陈叔宝。陈叔宝在诗中描绘了后宫华美的环境与妃嫔们的靓丽容颜，赞美了嫔妃们的姿态。

如果单从艺术角度来看，这首诗巧妙地利用侧面描写刻画了妃子们的清新形象，表现了妃子们的神韵，对宫体诗有一定的突破。但因为此诗是在陈朝的灭亡过程中诞生的，所以它历来被视为亡国之音，带有贬义色彩。

《历代帝王图（陈叔宝）》
［唐］阎立本

乌衣巷

　　唐敬宗宝历二年（826），刘禹锡卸任和州（今安徽和县）刺史。在和州期间，刘禹锡了解考察了当地的地理、物产，还从官吏口中得知金陵（今江苏南京）离这儿不远。刘禹锡当时还没去过金陵，对其充满了憧憬和好奇。恰好有位住在金陵的客人因为久仰刘禹锡的诗名，拿出自己写的咏金陵的诗给刘禹锡看。于是，刘禹锡也趁着兴致，写下五首咏金陵古迹的诗，其中第二首就是《乌衣巷》。

刘禹锡

朱雀桥边野草花，
乌衣巷口夕阳斜。
旧时王谢堂前燕，
飞入寻常百姓家。

朱雀桥：在今南京市秦淮区中华门城内。

花：开花。名词作动词。

斜：斜照。

王谢：指王导和谢安。王、谢两家都是晋朝世家大族，出了很多贤才。

寻常：平常。

译 文

朱雀桥边十分冷清荒凉，丛生的野草开出了花，夕阳在西边落下，斜照在乌衣巷口那些倒塌残缺的墙壁上。当年在王府、谢府的屋檐下安家的燕子，如今已经飞进寻常百姓的家中。

赏析 诗人用朱雀桥来勾画乌衣巷的环境，有对仗的美感，既如实地反映了荒僻的气象，又唤起了读者的历史联想。而燕子栖息旧巢的习性，也能引起人们对乌衣巷昔日繁荣的想象。诗人把世事变迁的感慨寄寓在寻常景物中，语言浅显，但寓意深远，余味无穷。

拓展延伸

●乌衣巷

乌衣巷原本是三国时期吴国驻扎在石头城的军营所在地，后来，东晋的豪门大族王、谢两家定居在这里，因此常年往来的人很多，十分热闹。

王羲之、王献之以及山水诗派鼻祖谢灵运等文化巨匠也曾生活在乌衣巷，使乌衣巷的文化氛围变得更加浓郁。

我的代表作《兰亭集序》，被誉为"天下第一行书"！

王羲之

我喜欢旅游，顺便写写山水诗，就成了山水诗派的鼻祖。

谢灵运

《金陵五景图卷（乌衣夕照）》［清］樊圻（qí）
图中描绘的是东晋时期王、谢世族居住的乌衣巷。

● 燕　子

　　燕子是一种随季节变化迁徙的鸟儿。它们喜欢成双成对，在人家屋内或屋檐下筑巢。古人很喜欢燕子，在古诗词中赋予它们各种寓意，如用燕子表现春光或爱情的美好，也表现漂泊流浪的辛苦等。在《乌衣巷》这首诗中，诗人借燕子秋去春回、不忘旧巢的习性特点，写燕子依旧，但屋主易人，表现时事变迁，抒发昔盛今衰、亡国破家的感慨和悲愤。

◉野草花

从"朱雀桥边野草花"这一句诗中，我们知道诗人刘禹锡当时所处的季节是草长花开的春天。诗人在"草花"前面加上了一个"野"字，这就给充满生机的繁茂春景增添了荒僻的气氛。

这些野草、野花生长在昔日车水马龙的朱雀桥畔，表明这里早已无人打理，呈现衰败之势，变得荒凉冷落了。

刘禹锡还在《台城》一诗中写道"万户千门成野草"，其中，"野草"也有衰败的意味。

《野花草虫图》［五代十国］丘余庆

水龙吟·登建康赏心亭

词人辛弃疾在宋高宗绍兴三十二年（1162）率北方抗金义军回到南宋，但南宋朝廷只派他任地方小官，没有派他北上抗金。宋孝宗淳熙元年（1174），辛弃疾任江东安抚司参议官，这时他南归已长达十二年，却仍未得到北伐抗敌的机会。一次，他登上建康（今江苏南京）的赏心亭，眺望祖国山川大地，想到自己满怀壮志却老大无成，就写了一首《水龙吟》抒发愤慨。

辛弃疾

楚天千里清秋，水随天去秋无际。遥岑^{cén}远目，献愁供恨，玉簪螺髻。落日楼头，断鸿声里，江南游子。把吴钩看了^{liǎo}，栏杆拍遍，无人会，登临意。　　休说鲈鱼堪脍^{kuài}，尽西风，季鹰归未？求田问舍，怕应羞见，刘郎才气。可惜流年，忧愁风雨，树犹如此！倩何人唤取，红巾翠袖，揾^{wèn}英雄泪！

遥岑远目： 眺望远处的山岭。岑，小而高的山。

玉簪螺髻： 玉做的簪子，像海螺形状的发髻，比喻高矮和形状各不相同的山岭。

断鸿： 失群的孤雁。

吴钩： 指古代吴地制造的一种宝刀。诗中是以吴钩自喻，空有才华，但不受重用。

季鹰： 西晋文学家张翰，字季鹰。

求田问舍： 购买田地和房舍。

刘郎才气： 指雄才大略的刘备。

风雨： 比喻飘摇的国势。

树犹如此： 出自《世说新语》中的一则典故，常用来抒发虚度时光的感慨。

倩： 使，请。

红巾翠袖： 女子装饰，代指女子。

揾： 擦拭。

译 文

　　南国秋日的天空凄清又辽阔，江水向天边流去，无边无际。遥望远处的山岭，使我产生国土沦落的忧愤，那山岭就像女子头上的玉簪和螺髻。落日斜挂在楼头，孤雁悲伤地叫着，游子的心中悲愤压抑。把宝刀吴钩看完，拍遍了楼上的栏杆，也无人领会我登楼的用意。不要说鲈鱼鲜美，秋风呼啸，我怎能像西晋的张翰，为贪吃家乡美味而弃官？如果（像许汜那样）只想着买地买房，谋求个人的利益，恐怕见了雄才刘备，要感到羞愧了。只可惜时光流逝，国家还在风雨飘摇之中，北伐的事情一拖再拖，恢复中原难以实现！谁去请来披红着绿的歌女，为我擦掉英雄失意的眼泪！

辛弃疾（1140—1207），字幼安，号稼轩，是南宋著名将领、豪放派词人，有"词中之龙"的称号。辛弃疾一生力主抗金，因此遭到主和派的排挤，还被弹劾降职，最后只能退隐。辛弃疾把自己壮志难酬的悲憾和对国家兴亡、民族命运的忧虑，都写进了词作中。其代表作有《水龙吟·登建康赏心亭》《永遇乐·京口北固亭怀古》等。

赏析

在一个秋日，辛弃疾登上赏心亭，感受到清冷辽阔的氛围，触景生情。他在词中描绘了秋天凄凉的景象，又借用大量的历史典故，抒发恢复中原国土的抱负和愿望无法实现的失意。我们在读这首词时，能体会到词人报国无门的苦闷心情，感受到他诚挚的爱国情怀。

拓展延伸

● 鲈鱼堪脍

西晋时期，有一个叫张翰的人担任齐王司马冏的东曹掾（官名），住在洛阳。一天，张翰看到秋风吹起，想念起家乡的茭白羹和鲈鱼脍等美味，便说："人生最可贵的就是让自己开心，怎么能为了功名而远离故乡，外出做官呢？"于是，张翰就打包行李，驾车回家乡了。

俺就好这一口！

◉求田问舍

三国时期，许汜、刘备和刘表一起评论天下之人。许汜说陈元龙粗野无礼，刘备问他为什么会这么认为。

许汜说："我之前去见元龙，他没有待客之道，自己睡大床，让我睡下床。"

刘备说："您是有名的国士，现在天下大乱，帝王流离失所，他希望您能忧国忘家，匡扶汉室。可您只想买田地和房产。如果是我，我肯定会高卧百尺高楼，而让您睡在地上！"

这就是"求田问舍"成语的出处，意思是只想着购买田地、房产，用来形容只知道谋求个人私利，没有远大的志向。

览胜手记

片段一

来到乌衣巷口，抬头就能看到"乌衣巷"三个大字，踩着青石板路慢慢往巷子里走，给人幽静狭小、古香古色的感觉。往右拐，就看到魏晋时期王、谢两大家族的纪念馆了。馆中有许多关于王家和谢家的史料介绍，从中你能了解到当时的乌衣巷有多么繁华热闹。在朝代的更迭中，乌衣巷的人烟渐渐稀少，久而久之，就成了平民百姓居住的地方。所以刘禹锡才会说"旧时王谢堂前燕，飞入寻常百姓家"。这今非昔比的惨淡光景怎能不让人感慨呢？不过，现在的乌衣巷因为有慕名而来的游客，又重新热闹起来了。

片段二

晚上，我们坐上小船，沿着小河缓缓漂流着。此时，河旁灯火通明，绚烂的灯光映在河面上，五彩缤纷。河边依依的垂柳，在路旁的照明灯下显得更加翠绿了。

低头看那波光粼粼的河面，细看之下，每一道水纹都很细致，犹如古代仕女的眉黛一般。波浪别有韵致，一波连一波，一浪接一浪，波波相接，浪浪相通……再抬头看天上那朦胧的月影，此情此景虽然没有"月落乌啼霜满天"的意境，却有"烟笼寒水月笼沙"的迷离诗境。